rowohlt
BERLIN

Rebekka Kricheldorf

Lustprinzip

Roman Rowohlt · Berlin

Originalausgabe
Veröffentlicht im Rowohlt · Berlin Verlag, März 2021

Satz aus der Lapture bei Dörlemann Satz, Lemförde
Druck und Bindung CPI books GmbH, Leck, Germany
ISBN 978-3-7371-0069-4

Die Rowohlt Verlage haben sich zu einer nachhaltigen Buchproduktion verpflichtet. Gemeinsam mit unseren Partnern und Lieferanten setzen wir uns für eine klimaneutrale Buchproduktion ein, die den Erwerb von Klimazertifikaten zur Kompensation des CO_2-Ausstoßes einschließt.
www.klimaneutralerverlag.de

FSC www.fsc.org MIX Papier aus verantwortungsvollen Quellen FSC® C083411

Für alle, die wir unterwegs verloren

«Jugend hat einen Anflug von Weisheit und muss ihn bewusst unterdrücken; das ist die Bedingung, unter der sie zu den Fressnäpfen der staatlichen Gemeinschaften zugelassen wird, da von dieser Seite an nichts Echtes in ihrer Natur appelliert wird.»

Tennessee Williams

«So kam ich auf diese Erde mit dem erstaunten Auge der erwachten Eule, um meinen Part zu sprechen»

Lawrence Ferlinghetti

WINTER

Ich öffne die Augen und sehe direkt in die Augen eines Hundes. Der Hund ist groß und schwarz und trägt um den Hals ein rotes, zerlumptes Tuch. Er betrachtet mich mit einem ehrlichen, warmen Blick. Ich kenne diesen Hund nicht. Dieser Hund ist ein mir gänzlich unbekannter Hund. Ich stütze mich auf und sehe, dass ich in einem engen, fremden Zimmer liege. An der Wand hängen drei *Trainspotting*-Poster, einmal Begbie, einmal Sick Boy, einmal der klatschnasse Renton, um dessen Kopf jemand ein großes Herz gemalt hat. Auf dem Teppichboden liegt eine umgekippte Bong, auf der Matratze in der Ecke dösen ein Junge und ein Mädchen, eng ineinander verhakt. Ich stehe auf und schleiche zur Tür. Im Flur liegen noch zwei Menschen, einer im Schlafsack, einer daneben, ich steige über sie, so leise ich kann. Der Hund folgt mir bis zur Zimmertür; als ich über den langen Flur im Treppenhaus verschwinde, schaut er mir nach wie einem Verräter.

Ich falle hinaus in ein fieses Licht. Es sieht nach Sonntag aus. Sonntag auf dem Mond.

Wo bin ich? Wo ist mein Rad?

Es beginnt zu schneien.

—

Kneipe. Abgefackelter, verschmorter Mülleimer. Bauloch. Glanzloser gastronomischer Versuch. Humana. Hässliches Oma-Café. Brache. Glanzloser gastronomischer Versuch. Rudi's Resterampe. Zertrümmerte Telefonzelle. Traurige Currywurstbude. Traurige Dönerbude. Mäc-Geiz. Bauloch.

Die Stalinallee ist auch nicht mehr das, was sie mal war.

Eisdiele. Rathaus. Heim für fallengelassene alte Alkis. Chicken total. Mister Minit.

Friedrichshains Lieblingsfarbe ist grau. Die grauen Visagen verschwimmen mit dem Grau der Häuser, dem grauen Himmel und dem Grau des Asphalts. Grau auch die Träume der wenigen ansässigen Singvögel. Die Ossis (grau) schleppen sich freudlos durch den Kiez. Sie sehen aus wie Fotos in alten Alben, die längst keiner mehr durchblättert. Sie scheinen aufgegeben zu haben, und zwar alles, ihre Vergangenheit, ihre Zukunft, aber vor allen Dingen ihre Gegenwart. Der Säuferanteil ist hoch. Schon morgens kleben die Freunde des Frühschoppens auf den Parkbänken oder den Hockern der Imbissbuden. Manchmal läuft ihnen eine Laus über die kaputte Leber, dann schreien sie in den Himmel und schwenken böse ihre Billigbierflaschen. Mit den Krätze-Punks aus den besetzten Häusern haben sie nichts zu tun, obwohl doch ihr Tagwerk nahezu dasselbe ist: murren und saufen. Sie müssten die besten Kumpels sein, hassen sich aber wie die Pest. Ein großer Graben aus Unverständnis für das Lebenskonzept des jeweils anderen trennt sie.

Ich laufe herum, esse einen Döner, lasse anschreiben, laufe weiter, vorbei an den sozialistischen Prachtbauten, laufe durch den schmutzigen Matsch, laufe ins Ring-Center, setze mich auf eine Bank und beobachte die armen, vom Kapitalismus gefickten Schweine beim Kaufen von sinnlosem Krempel, stehe auf und laufe weiter, bis es dämmert.

Call-Shop. Späti. Riesiges Grillrestaurant, in dem keiner drin sitzt. Dönerbude (Neueröffnung!). Bauloch.

Von einem der brüchigen Balkone, die aussehen, als könnten sie dir jederzeit auf den Kopf knallen und deinem vielversprechenden, jungen Leben ein Ende bereiten, ruft mir ein Besuffski zu: *He, Mädchen, Mädchen, wie viel Uhr ist es?*

Ich sag mal: *Acht.*

Der Balkon-Master schreit: *He, Mädchen, Mädchen, morgens oder abends?*

Ist doch egal, rufe ich zurück und laufe weiter.

In der Bänschstraße wurde mitten auf dem Gehweg ein Scheiterhaufen aus Gegenständen errichtet. Der Akt des Verbrennens ist vorbei, nur die verkohlten Überreste, inzwischen durch die Schnee-Feuchte pappig geworden, deuten darauf hin, dass Gewalt stattfand. Was einmal ein Kleid, ein Paar Schuhe, eine CD-Sammlung war, liegt als schwarzes Geklumpe auf dem Gehweg wie ein Mahnmal für die Vergeblichkeit allen irdischen Glücksstrebens. Es sieht nach gängigem Eifersuchtsdrama aus. Jemand war wütend. Jemand wurde verletzt. Jemand wurde betrogen, verraten, enttäuscht. Jemand hat endgültig genug, wirft die Habseligkeiten eines anderen aus dem Fenster, hastet die Treppe runter, übergießt den Haufen mit Benzin, zündet ihn an, fühlt sich besser, fühlt sich gereinigt, befreit, ha, sehr gelungen, die Teufelsaustreibung, kann jetzt einen trinken gehen, kann weiterziehen, ins nächste Drama.

Da mir weiter nichts einfällt, wo ich hinlaufen könnte, laufe ich nach Hause.

Ich durchmesse meine geräumige, kahle Wohnung. Ich laufe durch alle Zimmer, hebe den Telefonhörer ab, lege ihn zurück auf die Gabel. Ich ziehe meine mit rotem Autolack bemalten, drei Nummern zu großen Springerstiefel aus, komme zum Ergebnis, dass sie nicht mehr zu mir passen, werfe den linken aus dem Fenster, hänge den rechten an die Decke, als Kunstprojekt, laufe weiter durch die Wohnung, jetzt auf Socken.

Ich öffne die Tür zum kleinen Zimmer, in dem Konrad sitzt und kifft, und sage:

Raus.

Konrad sieht mich traurig an. Oder leer. Oder stoned. Dann geht er. Drei Monate hing er mir jetzt auf der Pelle. Das reicht.

Nachdem Konrad weg ist, hängen die süßlichen Kiffschwaden noch eine Weile im kleinen Zimmer. Ich setze mich auf den Boden und trinke den Rest aus dem Tetra

Pak Rotwein, das noch irgendwo rumstand, *Domkellerstolz*, mit einem Mönch mit roter Nase drauf.

Dann fange ich an zu weinen.

Scheiß Heroin.

Aber wer weiß, ob das der wirkliche Grund für Timos Abgang war. Gründe, *Nein* zum Leben zu sagen, gibt es schließlich genug. Vielleicht hatte er einfach schon mit Mitte zwanzig die Schnauze voll, vom Atmen, von der Sonne, von den Frauen, von den ewigen Entscheidungen. *Leben*, denke ich, *ist vor allem eines: sehr, sehr anstrengend*, und lasse mich rücklings auf den versifften Teppichboden fallen, der schon drin war, als ich einzog, und der bleiben wird, für immer, ich weiß es. Für eine Aufhübschung meiner Wohnstatt bin ich zu erschöpft.

Der letzte Blick in sein Gesicht: Als wir uns erfolgreich zu ihm durchgefragt hatten, an seine Tür klopften und da dann standen, hilflos wie zwei Zeugen Jehovas. *Mir geht's nicht so gut, kommt morgen wieder*, sagte das bleiche Gesicht, bevor die dazugehörigen Hände uns die Tür vor der Nase zuschlugen. Keine Frage, er war wieder drauf. Im Oma-Café um die Ecke, das wir unter den feindseligen Blicken der Omas betreten hatten, die wohl mit unserem Stil nicht klarkamen, berieten wir, was zu tun sei. Ich war dafür, sofort Hilfe zu holen, Konrad sagte: *Lassen wir ihn in Ruhe; er braucht seinen Raum.*

Den Raum, den hat er sich ja jetzt genommen.

Ich nehme meine Wanderungen durch die Bude wieder auf und statte den Highlights meiner Mülllandschaft einen Besuch ab: dem dreckverkrusteten Ofen. Den mit durchgerissenen indischen Tüchern zugehängten Fenstern. Dem Klamottenmeer mit seinen Klippen aus malerisch gestapelten Müllsäcken. Den Büchertürmen neben dem Bett, die vom Teppichboden hinauf an die sehr weit entfernte Decke ragen. Manchmal weht nachts ein Geist vorbei, dann fällt einer der Türme polternd um und begräbt mich unter mehreren Bänden scharfkantiger Beatliteratur.

Ich besuche den kaputten Wasserhahn. Wenn ich die Klospülung drücke, spritzt ein Wasserstrahl vom Spülbecken in der Küche gegen den schimmligen Kühlschrank.

Kleine, schwarze Käfer leben mit mir. Manche mögen Holz, manche lieber Dreck. Sie sind nicht die einzigen Mitbewohner: Neuerdings wohnt auch eine Taube im Klo. Ich besuche die Taube und sage: *Hallo, Taube.* Die Taube grüßt nicht zurück.

Nackte Glühbirnen an schmucklosen Strippen: edelste Existenzialisten-Wohnkultur von der Stange.

Im Keller hab ich zwei safrangelbe Autositze gefunden; in ihnen sitzt es sich ganz gut. Man kann in ihnen sanft hin und her schaukeln, während leise die Holzwolle aus den Löchern rieselt. Von irgendwoher rollt mir eine alte Flasche Oettinger entgegen. Ich öffne sie und kippe mir den Inhalt versonnen in den Hals.

Der Tag tot, die Nacht noch nicht geboren, reizloses Zwischenreich, das am besten weggesoffen sein will. Ich bleibe in meinem Sitz sitzen und blase ein tiefes *Uhhh* in meine leere Flasche. Ich könnte in die Bar ohne Kühlschrank schauen. Die Bar, die einfach *Bar* heißt, eine Schlichtheit und Reduktion aufs Wesentliche, die mir gefällt. Ein Loch im Kiez, hinein in einen noch schmutzigeren Siff, mit Sperrmüllsofas ausgestattet. Die Bar ohne Kühlschrank serviert lauwarmes Bier und lauwarmen Wodka für je eine Mark, an guten Tagen auch richtige Drinks. Ein paar Besetzer betreiben sie, Freaks, die eine noch viel längere Fluchtroute aufweisen können als ich, die sich nach Berlin aufgemacht haben, um wer weiß was für haarsträubenden Verhältnissen in Russland, Frankreich, Amerika, Irland oder Brasilien zu entkommen.

Manchmal fliegen Geschichten durch den Raum, Geschichten von prügelnden Eltern, Armut und Elend, aber oft bestehen die Geschichten auch aus der altbekannten Klage über Spießigkeit und Geistesenge, *Küche, Kammer, enge Welt, so entsteht kein Held* singen die Puhdys und singen somit unsere Hymne, die Hymne all jener, die zu wild oder zu zart für ein angepasstes Dasein sind, die bei der Aussicht auf den vorgestanzten Lebensweg unter freundlichen, beschränkten Normopathen in einem beliebigen Provinzkaff eine Beklemmung in der Brust spüren und besser ihr Bündel packen und sich trollen; nichts wie weg hier, bevor dir das Realitätsprinzip das Hirn aus dem Schädel frisst.

Die Kundschaft ist vielfältig: Vom Kierkegaard zitierenden Edelbohemien über minderjährige Punks, die meist im Rudel auftreten, bis hin zum letzten, zahnlosen Asi, der kaum imstande ist, seinen Namen zu artikulieren, findet hier jeder seinen Platz.

Gestern saß ein Clown am Tresen, der die hässliche

Fratze der Erinnerung an den Stunden vorher nur mit Mühe überstandenen Kindergeburtstag mit etlichen lauwarmen Gin Tonics zu vertreiben suchte. Um fünf fiel er vom Hocker; Punks stiegen über ihn, Hunde beleckten sein Ohr.

Aber mir ist nicht nach Gesellschaft. Ich denke an Timo und schaue aus dem Fenster, ins kahle Draußen, wo inzwischen ein Schneesturm tobt. Der erste Mann, der jemals in mir war. Mit seinen Vorgängern nur Geknutsche und halbgares Fummeln, aber für ihn war ich richtig entbrannt. Und das leider nicht als Einzige. Dann ist er nach Berlin gezogen. Das ist schon Jahre her, ferne Zeiten, in denen die Welt klein war und ich ahnungslos, sich die Zukunft noch bedeckt hielt und Konrad noch auf Jungs stand.

Timo, von uns allen der Begabteste, der in seinem zum Atelier umgemünzten Mini-Erdgeschosszimmer wilde Farbkreationen auf die Leinwand warf –

Timo, der mal einen ganzen Tag lang in der Fußgängerzone in einer Baumkrone saß, Sitzstreik, Protest gegen eine unerwiderte Liebe, und es damit zwar nicht schaffte, das Zurückgeliebtwerden zu erzwingen, aber immerhin, dass die Angebetete abends mit einem heißen Tee und einem Lächeln vorbeikam –

Timo, der wusste, dass den Wagemutigen die Welt gehört, denen, die sich zeigen und entblößen und zum Affen machen, die auf die Maske der Coolness spucken und das Urteil der Welt nicht fürchten, denn *freedom is just another word for nothing left to lose* –

Timo, der Einzige von uns, der der Staatsgewalt die Stirn bot, der die Bullen, die wegen nächtlicher Ruhestörung bei ihm einritten, weil er die Anlage wieder mal auf Maximum Boost hatte, freundlich begrüßte, *ich bin Aquarius, und ihr seid Idioten, darf ich euch trotzdem einen Schnaps anbieten?* –

Timo, der aufgebrochen war, um in der Großstadt sein Talent zu entfalten, der uns bei seinen seltenen Heimatbesuchen anschrie, *was macht ihr hier noch, was sitzt ihr hier in Kleinkackhausen auf euren Ärschen und lasst das Leben an euch vorüberziehen*, und wundersame Märchen erzählte von besetzten Häusern und riesigen Fabriketagen für hundertfünfzig Mark, von schrägen Typen mit freien Hirnen und strahlenden Augen, von Partys in Kellerbars und endlosen, erregten Debatten auf löchrigen Dächern, von Nacht und Sex, Exzess und Poesie –

Timo, in den alle verliebt waren, auch Konrad, bis der dann die Eine traf und Herz und Libido dem weiblichen Geschlecht öffnete und fürderhin vom Sog der Timo-Kraft gerettet ward –

Bis die Eine Konrad sitzenließ und Konrad nach Berlin kam und sich bei mir einnistete.

Aber jetzt ertrage ich sein bekifftes Engelsgesicht nicht mehr. Die Stadt ist groß. Er wird schon einen anderen Ofen finden, an dem er sich wärmen kann.

Und Timo, Timo liegt unter der Erde und wird von Würmern angefressen. Die Puren und Ungeschützten und Radikalen springen über die Klinge vor ihrer Zeit und lassen uns mit den Lauwarmen allein. Ich bin nur dankbar, dass ich nicht diejenige war, die ihn finden musste. Ein Timo, der nicht quicklebendig wie ein junger Faun zwischen seinen Farbtöpfen herumspringt und alle mit seinem Charme betört, sondern ein Timo, der in einem schwarzen Zimmer in einem besetzten Haus tot von der Decke baumelt – nein, danke, muss ich nicht sehen. Die Henker dieser Erde behaupten ja, dass ihren Opfern bei Genickbruch noch ein Letzter abgeht. Es wäre ihm zu wünschen, er kam gern. Na ja, wahrscheinlich kommt jeder gern, nur bin ich bei den meisten nicht dabei und kann mich demnach nicht in ihre verzückten Gesichter verlieben.

Dass Timo jetzt weg ist für immer, übersteigt meine Vorstellungskraft. Der Tod übersteigt meine Vorstellungskraft. Aber vielleicht ist Altwerden ja auch überbewertet.

Ich stehe auf, nehme den Fernseher fest in meine Arme, trage ihn ein wenig herum und werfe ihn aus dem Fenster. Das gehört sich so; das ist Rock 'n' Roll.

Morgen werde ich mich neu erfinden.

—

Es scheint eine verheißungsvolle Sonne. Beschwingt betrete ich den Bildungsbunker. Gewusel taschenbehängter Leiber, die Steinfiguren schweigen erhaben. Ich spüre schon wieder eine Mundtrockenheit, verdränge sie aber tapfer und laufe durch die Flure, auf der Suche nach dem richtigen Raum für das Einführungsseminar Alte Geschichte. Je näher ich dem Seminarraum komme, desto schwindliger wird mir. Außerdem zieht sich mein Magen zusammen, mir ist, als müsse ich mich gleich übergeben. Zu der Übelkeit gesellt sich nun auch noch eine Atemnot, mir bricht Schweiß aus, das Herz rast. *Alles, alles psychosomatisch*, sage ich mir und laufe weiter. Vor dem Seminarraum stehen sie schon und warten. Stehen da mit ihren Taschen, lachen und plaudern, als sei es das Normalste der Welt. Ich stelle mich dazu, verleugne meinen Zustand, tu so, als sei ich eine von ihnen, gebe mich als zugehörig aus, verstecke mich vor mir selbst in der Herde, spiele das weiße Schaf. Ein paar Minuten halte ich durch, aber als sich die Tür öffnet und die Herde in den Raum drängt, gebe ich auf und renne aufs Klo.

Raus hier, raus hier, raus hier.

Ich haste mit langen Schritten aus der Uni, in einem gerade noch so als entspannt durchgehenden Tempo. Ich will ja keine Aufmerksamkeit erregen. Als ich den gebührenden Sicherheitsabstand erreicht habe, ziehe ich mein Päckchen Vietnamesen-West aus der Tasche, klopfe eine Kippe raus, zünde sie an, nehme einen tiefen Zug: Erlösung. Ich schlendere Richtung U-Bahn, plötzlich hab ich's nicht mehr eilig, werde vom Flüchtenden zum Flaneur. Mit jedem Meter, der sich zwischen mich und das Gebäude des Grauens legt, fühle ich mich leichter. Es ist, als zöge ich mit jedem Zug frischen Lebensmut in meine Lungen.

Immerhin, ich hab's versucht.

Die Sonne, verstehe ich jetzt, scheint auch nicht verheißungsvoll, sondern grausam; ihre Strahlen sind heute extra gleißend, um mir meinen missratenen Versuch besonders deutlich auszuleuchten. Mich überkommt eine radikale Wut. *Was, wenn du diejenige bist, die falsch ist? Schon mal daran gedacht?*, schnauze ich die Sonne an. Wirklich. *Wann hätte je irgendetwas Überwältigendes in deinem Beisein stattgefunden? Die Geburt welcher Großartigkeiten geht noch mal auf deine Rechnung?* Gute Dinge ereignen sich immer nur im Mondlicht. Die Sonne hasst jeder, weil sie für alles zu Vermeidende steht. Arbeit. Mühsal. Rechnungen zahlen. Ja, Knechtschaft und Sklaverei sind sonnenbeschienen.

Wohingegen der Mond alles bescheint, was Spaß macht. Lachen. Lieben. Gartenpartys. Fremde, heiße Haut.

Es ist zu hell für wahre Größe. Ich fahre nach Hause.

In der U5 steht plötzlich Janek vor mir.

Ich mache das verdutzte Gesicht, das man macht, wenn Leute an für sie nicht vorgesehenen Orten auftauchen. Dann werde ich etwas verlegen, was mir ständig bei Jungs passiert, die ich schon mehrfach als erotische Inspiration missbraucht habe, weil ich denke, dass man mir das ansieht. Aber woran, bitte, soll man das sehen? Ich seh ja auch nicht, wer sich alles auf mich einen runterholt.

Janek hängt seinen biegsamen Jungskörper lässig in die Halteschlaufe. Sein Rabenhaar ist länger als früher, was ihm gut steht. In der Provinz hab ich ihn manchmal mit Konrad im *Schrottvogel* gesehen, er stand elegant und appetitlich im Trockennebel und rauchte oder trank oder grinste oder sprach mit Mädchen und nahm mich kaum wahr. Ich war zu klein, zu jung, zu dumm. Jetzt bin ich bemerkbar. Wurde auch Zeit.

Was machst du denn hier? Originelleres fällt mir nicht ein. Eine blöde Frage, da jeder, der halbwegs bei Sinnen ist, früher oder später hier landet. Janek lacht. Ein schönes Lachen, offen und frech. Ich will es sehr dringend häufiger sehen, in allen denkbaren Lagen, zu allen denkbaren Zeiten.

Ich wohne hier. Also, bald. Aber erst mal geh ich nach Indien, für ungefähr ein Jahr. Ich muss hier jetzt raus. Gib mir deine Nummer, ich meld mich, wenn ich wieder da bin.

Schnell fummele ich einen Stift aus der Tasche, reiße dem armen Jack ein Stück Rückseite aus der Taschenbuchausgabe von *Desolation Angels* und schreibe meine Nummer darauf. Janek greift nach dem Zettel, sagt: *Schön, dich getroffen zu haben, bis dann*, grinst, winkt, springt aus der Bahn, ist weg.

Indien.

Ich male mir unser Leben aus, in einem Jahr, wenn Janek zurück ist. Er wird die Reise überstanden haben, ohne zu einem dieser dumm schwätzenden Pseudo-Erleuchteten geworden zu sein. Im Gegenteil, die Reise hat ihn weitsichtig und erfahren gemacht. Und noch schöner, falls das überhaupt geht. Er hat durch das Herumklettern im Himalaya Muskeln entwickelt, sein Shirt spannt sich über den leicht gebräunten Oberarmen, er riecht nach Sonne, Sex und Zukunft.

Auch ich habe mich in diesem Jahr entwickelt. Ich bin faszinierend und belesen und trage nur noch bodenlange Seidenkleider, die mir wahnsinnig gut stehen. Wir werden unzertrennlich. Bei Tag stromern wir durch die Straßen auf der Suche nach irgendeinem Blödsinn, den wir unternehmen können. Bei Nacht nimmt er mich so gekonnt, wie es nur ein Indienheimkehrer vermag, denn eine versaute indische Geliebte, die schon viele, viele Männer in die Liebeskunst einführte, hat ihm das gesamte Kamasutra beigebracht. Am Ende war er so gut darin, dass sie zugeben musste, noch kein Westlicher vor ihm habe dieses Niveau an Geschicklichkeit je erreicht. Nach dem Lustrausch rauchen wir, und ich lese ihm aus Charles' Tagebuch vor. Charles hat nichts dagegen, denn genau für solche wie uns hat er es geschrieben, für erschöpfte Liebende am Rande der Nacht, an genau solche wie uns dachte er, als er in seiner Mansarde in Paris saß und sich die Wartezeit auf die schwarze Hure, auf die er so versessen war, mit Schreiben erträglich machte.

Station Biesdorf-Süd, fuck. Ich bin, berauscht von der Begegnung, vier Stationen zu weit gefahren. Ich steige aus und schaue mir die Gegend an, ein Fehler. Und am sechsten Tag war Gott auf schlechtem Koks und erschuf Lichtenberg. Schnell mache ich kehrt und steige wieder in die U-Bahn, entgegengesetzte Richtung.

Ich kaufe mir ein paar Biere, gehe nach Hause, lege mich ins Bett und warte auf die Dämmerung. Weil das zu lange dauert, stehe ich wieder auf, setze mich in die Küche, an den Tisch aus weißem Plastik mit dem Loch in der Mitte für den Sonnenschirm, den Chrissy mir von der Terrasse des *Bella Napoli* geklaut hat, und betrachte die Schimmelkulturen um mich her mit stiller Solidarität.

Eine Angst steigt in mir auf. Angst, die sich zu Gewissheit aufbläht, *dass sie mich kriegen werden.*

Ich werde einen Fehler machen. Einen fundamentalen, unumkehrbaren Lebensfehler. Ich werde ihnen auf den Leim gehen. Sie werden mich einfangen, einsargen, kaltstellen. Ich werde nicht die sein, die entkommt, ich werde zu denen gehören, die es nicht geschafft haben, zu denen, die rauswollten, doch auf der Flucht über ihre Schnürsenkel stolperten und auf die Fresse fielen. Ich werde, kaum gestartet, untergehen. Ich springe auf und renne in den noch immer nicht verreckten Tag, marschiere die üblichen Straßenzüge entlang, panisch und verwirrt. Es wäre dringend nötig, runterzukommen, sich zu beruhigen, eine neue Sichtweise auf die Dinge zu entwickeln, aber wie, wie soll ich das denn schaffen, bitte?

Keine Krankenversicherung. Keine Meldeadresse. Auf der Straße leben. In der Anonymität verschwinden. Das wär vielleicht die Rettung. Freiheit lockt, aber ich wittere auch dort eine Falle.

Ich gehöre nicht zu ihnen.

Nicht zu den Mädchen mit den fetten Ritznarben auf den Armen, deren Rumgevögel keine Lebensfreude zugrunde liegt, sondern irgendein Onkel, Vater, Stiefvater, der besoffen seine dumpfen Tage mit ein bisschen Vergewaltigung versüßte. Nicht zu den Straßenjungs, diesen armen Kreaturen mit Hund und Hautausschlag, die nicht aus Posertum auf der Straße leben, sondern weil sie sonst nirgendwohin können; weil es den Ort, an dem jemand auf sie wartet, nicht gibt.

Aber ich gehöre auch nicht zu den Bildungsbürgerkindern, die sich ab und zu hierher verirren und so tun, als wären sie vom selben Schlag. Ein, zwei Jahr verfilztes Haar, dann flugs heim in den höheren Sozialstatus, wo es kuschlig ist und gut duftet und alle Geburtsglücksschweine im Chor deinen Namen grunzen. Während die echten Asis leider hierbleiben müssen. Für immer.

Und ich? Ich gehöre nirgendwohin. Jeder bleibt mir fremd. Versuche ich, mir einen Vertrauten zu entwerfen, einen, in dessen bedingungslosem Verständnis ich mich aufgehoben fühlen könnte, dann manifestiert sich gerade nur ein Wesen vor meinem geistigen Auge: der Junge mit dem Rabenhaar, den ich vorhin in der U-Bahn traf. Ich weiß, wie dumm das ist. Er kommt zwar aus demselben Kaff wie ich, aber wir waren füreinander nicht viel mehr als verschwommene Gestalten im Bildhintergrund. Ich kenne ihn nicht. Er kennt mich nicht. Aber dennoch lässt mich die Hoffnung nicht los, dass er es sein könnte. Der eine. Der Große Verbündete, nach dem ich schon mein Leben lang suche. Ich glaube nicht an Wunder, aber ich glaube an die Gunst des Zufalls, die Chuzpe des Weltgeists und die Erhabenheit des Augenblicks. Und vielleicht, vielleicht war das vorhin ja so was Derartiges; vielleicht hat uns der Weltgeist zugezwinkert.

—

Chrissy und Zoe sitzen in der *Bar* und schimpfen. Sie sind im Krieg mit ihren Nachbarn, einer Bande Franzosen, die gern in ledernen Nazi-Mänteln durch den Kiez stolzieren und sich für Westernhelden halten. Die beschwerten sich über den Gestank im Hof, der davon kommt, dass Chrissy und Zoe nachts in Tetra Paks pinkeln, da ihnen besoffen der Weg zum Klo zu weit ist, und die dann morgens aus dem Fenster werfen. Seitdem heißen sie *Les Mesdames Pipi* und bekamen von den Franzosen ein Katzenklo vor die Tür genagelt. Woraufhin Chrissy und Zoe in Signalrot VOM BESATZER ZUM BESETZER an die Hauswand sprühten. Woraufhin Laurent Chrissy Eva Braun nannte. Woraufhin Chrissy Laurents Küche zertrümmerte. Woraufhin Laurent, Jean und Eric Chrissy die Treppe runterwarfen. Woraufhin Zoe alle drei mit einem Hexenfluch belegte. Woraufhin erst mal Waffenstillstand eintrat. Es könnte sich genauso gut um einen Nachbarschaftsstreit in Hinterfuckingen handeln oder Sanktödersterbing, wo Bürger Maier aus Wut über Bürger Müllers Eiche, die ihm die Sonne von der Veranda klaut, Bürger Müllers Hund vergiftet, und nicht um ein besetztes Haus in Berlin. Unter Großstadt hatte ich mir anderes erhofft.

Elegante Exzentriker mit gewagten Empfindungen. Freigeister, die mit revolutionären neuen Ideen und frischen Moralvorstellungen aufwarten. Nicht aber diesen dörflichen Kleingeist, der auch noch die letzte Besetzerseele zu durchdringen scheint. Wahrscheinlich haben die vielen Christopher-Isherwood-Romane meine Vorstellungswelt versaut, mich in die Falle gelockt, mir einen Glitzer versprochen, der sich bei genauem Hinsehen als rentnerbrauner Straßenstaub entpuppt.

—

Ich komme nach Hause, er kauert da.

Sein in stinkende Fetzen gehüllter Körper, sein verbeultes Gesicht, seine schwarzen Locken.

Keiner beherrscht die Kunst des Kauerns besser als Lennard. Er kauert in Hauseingängen und in Hinterhöfen, auf Bordsteinen und Barhockern. Oder, wie jetzt, auf Treppenabsätzen. Er kauert und trinkt, trinkt und kauert, denkt nach, ist sich selbst genug.

Während ich die Tür öffne, schultert Lennard seine Berlinale-Tasche, die Oettingerflaschen scheppern. Es hat keinen Sinn, ihn rauszuschmeißen, morgen ist er wieder da, wie ein Vampir, den man in einer schwachen Minute über die Schwelle bat und nun nie mehr loswird. Gut, dass ich diese Autositze im Keller gefunden habe, da kann ich Lennard sogar einen Sitzplatz anbieten. *Ich gehe mit einem Roman schwanger, aber ich glaube, ich treibe ab*, sagt Lennard. Er fummelt seinen Tabak aus der Jackentasche und dreht uns krumme Zigaretten. Er berichtet von seinem gescheiterten Versuch, sich mit seinem alten Presseausweis freien Zutritt zur Nan-Goldin-Ausstellung zu verschaffen. Sein Ausweis ist ein von der *Kleinen Zeitung* ausgestellter, ranziger Lappen und seit sechs Jahren abgelaufen. Es klebt ein Foto von ihm drauf, das ihn in dem sauberen, nahezu intakten Zustand zeigt, in dem ich ihn nie kennengelernt habe. Er war also wirklich mal ein echter Journalist. So, wie er wirklich mal einen echten Drehbuch-Preis bekommen hat für ein echtes Drehbuch, das nie verfilmt wurde. Behauptet er. Und es gibt, behauptet er, einen von ihm verfassten Essay über

Werner Schwab in einer Anthologie. Mag wahr sein, hilft ihm jetzt aber auch nicht weiter.

Lennard will nach Mexiko. Wegen Malcolm Lowry.

Lennard schwärmt von der aparten Magersüchtigen, die er neulich in der Bahnhofsmission kennenlernte. Je kaputter eine ist, desto größer ist ihre erotische Wirkung auf ihn. Leider funktioniert diese Verzauberung andersrum nicht so gut, und Lennard sieht bereits ziemlich kaputt aus.

Inzwischen hat er sich aus dem Sitz erhoben und schlurft mit seinem Oettinger in der Hand durch die Wohnung. Er legt den Kopf schief und betrachtet die Rücken meiner gen Decke gestapelten Bücher. Er kommentiert einige Werke mit höhnischem Mundwinkelzucken, andere mit freudigem Auflachen. Er fummelt behutsam einen Band aus einem der Büchertürme, erstaunlicherweise, ohne den Turm zum Einsturz zu bringen, presst ihn an die Brust und sagt: *Leih ich mir mal.*

René Crevel, *Der schwierige Tod.*

Ich nicke und nehme still vom Buch Abschied. Lennards Verhältnis zum Gegenstand ist sehr entspannt. Leiht man ihm was, so kann man es in der Regel als Spende ans Universum betrachten. Hat man Glück, bekommt man es wieder, allerdings sieht es dann aus, als sei es einmal quer durch die Hölle gereist.

Ich geh ins Kino. Kommst mit?

Ich schüttle den Kopf. Lennard winkt schlaff mit dem Buch und geht.

Ich stelle mir Lennard in Mexiko vor. Wie er staubige Landstraßen entlangschlurft, die Berlinale-Tasche mit Bieren gefüllt, auf deren Etiketten unaussprechliche Namen stehen, *Pxcptl, Xhuascxl*, wie er einsam in Kaschemmen trinkt, auf der Suche nach dem mystischen Etwas, dem Land hinter den Spiegeln, dem großen, heiligen Spiritus, Schutzpatron der Säufer und Literaten. Ich sehe vor mir, wie er ausgeraubt wird und am Ende, man ahnt es, ermordet, genau wie der Konsul in *Unter dem Vulkan*. Aber Lennard kriegt seinen mageren Anarchoarsch eh nie in ein Flugzeug. Davor stehen so viele Hürden, das Beschaffen des Geldes für ein Flugticket, der Kauf dieses Flugtickets, das Erreichen des Flughafens am richtigen Tag, ja, sogar zur richtigen Uhrzeit, und das auch noch nüchtern genug, um in die Maschine gelassen zu werden. Nein, das wird wohl nichts für ihn mit dem poetischen mexikanischen Tod.

—

Dass Fabi auch nie Ruhe gibt. Ständig muss man ihm was in den Mund schieben, damit er zufrieden ist, sagt sein Freund Simon und klingt dabei nur halb vergnügt.

Simon liegt auf dem Sofa und schaut Lindenstraße. Ich bin gekommen, um Fabian abzuholen, aber er ist noch nicht da. Ich setze mich zu Simon, was er gerade so duldet. Von Fabi weiß ich, dass Simon Frauen nicht besonders mag. Eine Weile schweigen wir.

Gestern hab ich aus Wut auf Fabi sechs Biere getrunken, sagt Simon. *Und natürlich prompt gekotzt, wegen der Medikamente.*

Früher war Simon Koch. Jetzt ist er Fernsehzuschauer. Zum Ausgehen ist er zu schwach.

Immerhin bin ich noch da, sagt Simon und lacht ein

eher schrilles Lachen. *Was man vom Großteil meiner Jugendfreunde nicht sagen kann.*

Fabian macht immer einen unheimlichen Terror, wenn ich's ohne Kondom getrieben habe. Dann schreit er herum wie ein Irrer. *Glaub bloß nicht, dass dich dein Hetentum vor AIDS schützt*, zeterte er kürzlich, obgleich ich solcherlei nie behauptet habe. *Glaub bloß nicht, dass du nicht auch Risikogruppe bist.* Ich sagte nichts, dachte aber, *falsch. Ich bin überhaupt keine Gruppe.*

Was stimmt. Gruppen widern mich an. Sobald ich drei Menschen mit ähnlichen Ansichten und Frisuren beisammensehe, flüchte ich. Um den Anschluss an die einzige Gruppe zu finden, der ich mich zugehörig fühle, bräuchte ich eine Zeitmaschine und ab in die Fünfziger nach San Francisco. Gut, dieser testosteronlastige Beat-Club hätte mich als Frau sowieso nicht ernst genommen, aber ich hätte mich einfach als schwuler Mann verkleidet, wäre mit Jack, Allen, Neil und Bill um die Häuser gezogen und hätte nachts in meiner billigen Absteige Meisterwerke in meine Adler Favorit gehämmert. Aber hier und heute, in dieser Dunstwolke der Gewöhnlichkeit? Muss man gar nicht erst anfangen. Muss man sich nicht mal die Mühe machen, eine Schreibmaschine zu kaufen.

Fabian kommt heim und guckt so wie damals, als seine Geburtstagsparty nicht so lief, wie er sich das vorgestellt hatte. Als er schon nachmittags in froher Erwartung seine gesamte Bude mit schwarzer Folie ausgelegt und einen Porno in den Videorecorder geschoben hatte, in dem sich tätowierte Ledermänner gegenseitig ins Gesicht pissten. Als seine Freunde nach und nach eintrudelten, sich auf die Folie setzen, Sekt kippten, Kuchen aßen, sich über den neusten Greenaway unterhielten und keinerlei Anstalten machten, die tantige Zusammenkunft zu einer wilden Natursekt-Orgie zu veredeln. Fabian behauptete hinterher, dass es an mir gelegen hätte, an mir und meiner ständerkillenden Weiblichkeit, aber das war Blödsinn, die hatten eben alle viel mehr Lust auf Klatsch und Süßes, *soll ja vorkommen, sogar bei Männern*, sagte ich damals, aber Fabian warf mir einen so tief enttäuschten Blick zu, dass ich lieber meine Klappe hielt.

Diesen Blick, den hat er gerade wieder drauf, aber ich kann ihm nicht ständig erklären, dass das Leben kein Ponyhof ist und *das Glück im Schöpfungsplan nicht inbegriffen.*

Irgendwas stimmt nicht mit ihm, aber das kenne ich schon. Meist ist es nur eine biochemische Reaktion auf seinen Konsum vom Vortag. Auf das High folgt die Depression, das muss man nicht groß existenziell aufladen.

Flo hat gesagt, Ricardo hat gesagt, ich hätte einen kleinen Schwanz, teilt uns Fabi mit Grabesstimme mit. *Ich habe keinen kleinen Schwanz. Ist das ein kleiner Schwanz?* Er öffnet seinen Hosenschlitz und zeigt uns sein Ding. Simon und ich flöten um die Wette, wie überaus stattlich und appetitanregend sein Göttergeschenk von Geschlechtsteil doch sei. Fabian beruhigt sich langsam. Er kramt in Schubladen, zieht seine bunten Tücher hervor und stopft sie in die linke Arschtasche seiner Militärhose. Rot, gelb, schwarz, dunkelblau, hellblau. Er scheint heute viel vorzuhaben. *Warum redet ihr nicht einfach mit-*

einander?, war meine blöde Frage, als er sich das erste Mal vor meinen Augen so aufgockelte. Aber ich muss mittlerweile zugeben, dass der Farbcode nicht ganz unpraktisch ist.

Fabi ist aktiv und steht auf alles, von SM bis Fistfuck. Nur ganz selten, wenn wir uns beispielsweise gegen drei auf einen Kaffee treffen, flattert ihm nur ein einziges Fähnchen hinterher, weil er für eine größere Palette zu müde ist.

—

Ich wache auf, meine Strumpfhose hat Laufmaschen, mein Kopf tut weh, auf meinem Unterarm finde ich eine Telefonnummer von einem Rico, mit Herz. Hä?

—

Was mir wieder passiert ist, sagt Lennard. *Seit gestern wohne ich im Obdachlosenheim.*

Endlich zu Hause, sage ich.

Wir trinken Oettinger und schaukeln in den Autositzen vor und zurück, um uns häuft sich Holzwolle an. Seit seinem letzten Besuch hat Lennard einen Zahn weniger. An die Umstände, die zu dem Zahnverlust geführt haben, kann er sich nicht erinnern. Aber er weiß noch, dass ihm fristlos gekündigt wurde. Drei Tage hat er Zeit, sein Zeug aus der Wohnung zu räumen. Nur wohin damit? *Du hast doch Platz hier.* Ich lasse mich breitschlagen, seinen Kram zwischenzulagern, bis er wieder draußen ist. Also: *Forever.*

Hab einen Typen getroffen, der hatte so Schnüffelzeugs. Totaler Filmriss. Ich glaub, er hat mir einen geblasen. Oder doch nicht? Keine Ahnung, eh wurscht, sagt Lennard.

Dein Liebesleben hätt ich auch gern, sage ich und versuche, das nächste Oettinger mit den Zähnen zu öffnen.

Wenigstens muss ich keine Miete mehr zahlen, meint Lennard, nimmt mir mit verächtlichem Schnauben die Flasche aus dem Mund und schlägt den Kronkorken an seiner Schuhsohle ab. Als ob er je Miete gezahlt hätte. Das ist ja exakt der Grund, warum er jetzt im Heim hockt. Aber mit dieser simplen Ursache-Wirkungs-Logik brauch ich ihm, nun, da es zu spät ist, auch nicht mehr zu kommen.

Als die Berlinale-Tasche leer ist, wird Lennard unruhig.

Im Xenon läuft Love is the Devil. Kommst mit?

Love is the Devil ist Lennards Lieblingsfilm. Ich will nicht mit. Ich hab *Love is the Devil* schon fünf Mal gesehen. Fünf Mal mit Lennard. Jedes Mal, wenn Bacon *Welcome to the concentration of Camp* sagt, lacht Lennard sich schlapp. Ich glaube, er lacht nicht über den Witz, sondern darüber, dass nur er ihn versteht. Inzwischen versteh ich ihn auch, weil Lennard mir erklärt hat, was *camp* bedeutet, aber ich finde ihn nicht ganz so witzig, vor allem nicht, nachdem ich ihn fünf Mal gehört hab.

Jedes Mal, wenn Tilda Swinton auf der Leinwand erscheint, sagt Lennard, *wie kann eine so schöne Frau so hässlich sein*, und grinst selig, als sei er höchstselbst der Maskenbildner, der dieses Wunderwerk vollbrachte. Ich mag die verstörende Kaputtheit des Films, muss ihn aber nicht dringend jede Woche sehen. In Lennards Universum aber sind Raum und Zeit wabernde Kategorien, und er verschwindet gern in der Endlosschleife seiner durchaus überschaubaren Genüsse. Kunst und Bier, mehr braucht's nicht, um das System Lennard am Laufen zu halten.

—

Die drei Möchtegern-Cowboys stehen am Tresen, labern und fuchteln. Einer von ihnen hat eine Gasmaske auf dem Kopf, nimmt sie dann aber ab, als er merkt, dass sie ihn am Saufen hindert. Idiot.

—

Natürlich habe ich darüber nachgedacht, Literatur zu studieren, doch bei der Aussicht auf all die alten Säcke, die mit ihren Schnösel-Analysen meine Heiligen in den Dreck treten würden, wurde mir ganz schlecht. Aber irgendeine Daseinsberechtigung brauchte ich ja, einen Status, mit dem ich wedeln und mir lästige Fragen vom Leib halten könnte. Geschichte, genau. Um zu verstehen, was das alles soll, ab wann hier eigentlich alles schiefgelaufen ist mit der Menschheit, muss man zurück zu den Anfängen. *Das alte Babylonien.*

Heute um zwölf wäre das Seminar *Transformation der Spätantike: Das ostgotische Italien* dran. Wenn schon am Ursprung beginnen, dann richtig. Und ich will ja, ich will ja, ich will ja, bin schon auf dem Weg, hab die U-Bahn-Station schon im Blick, entwickle aber doch kurz vor der Treppe nach unten einen Widerwillen und biege ab.

Ich schaue lieber bei Jan vorbei, der hier im Südkiez unterm Dach in einer verkeimten Bude haust. Vor seiner Wohnungstür hat sich ein stattlicher Berg leerer Miràcoli-Spaghetti-Schachteln angehäuft, Sorte Tomatensoße Klassisch, für eins neununddreißig das Stück. Auch Jan hat sein Studium mehr so ins Private verlegt, aber manchmal geht er noch in die Uni, um Flugblätter für den Marxistisch-Leninistischen Studentenbund zu verteilen.

Jetzt springt er mir, nur mit Boxershorts am Körper, erregt entgegen, wie immer von seinen neuesten Erkenntnissen unter Strom gesetzt. Ob ich wisse, wie sehr mich mein Charakterpanzer von einem authentischen Dasein abhielte? Wann ich den Kampf gegen die von der Gesellschaft verordnete Zwangsaskese aufnähme? Warum ich mich noch immer dem Diktat der Besitzanhäufung und des Karrierewahns beuge? Ich sage, dass er mich da wohl mit wem verwechselte, denn weder steckte ich in einem wie immer gearteten Panzer, noch lebte ich zwangsasketisch, noch strebte ich Besitz und Karriere an, was ja ganz offensichtlich werde an der Tatsache, dass ich hier bei ihm sei und nicht etwa in der Uni. Aber Jan entdeckt an mir natürlich zahlreiche Verklemmungen und sozialisationsbedingte Verseuchungen, die sich hauptsächlich dadurch bemerkbar machen, dass ich nicht sofort mit ihm schlafen will.

Die Monogamie ist die schlimmste aller Lügen, erfunden, um die Frau in Schach zu halten, erklärt Jan.

Ich sage nur *Mann, spar dir die Theorie, ich steh einfach nicht auf dich.*

Ja, aber warum, Larissa, warum? Warum stehst du nicht auf mich?, doziert Jan munter weiter. *Weil die Gesellschaft deine Libido in einen Geschmackskäfig gezwängt hat. Sie hat dich darauf konditioniert, nur einen potenziellen Ernährer zu begehren, und behauptet auch noch frech, dass das von der Natur so gewollt sei, so ein biologistischer Nazi-Quark, und ich, ich fall durch dieses Raster, schon allein durch meine Klassenherkunft.*

Jan, der wirklich nicht wie ein Ernährer aussieht, ist sehr stolz auf seinen Status als Arbeiterkind. Er ist tatsächlich der einzige Student, den ich kenne, dessen Eltern keine Anwälte, Ärzte oder Lehrer sind.

Er drückt mich in sein verflecktes Flohmarkt-Sofa und eine Kaffeetasse in meine Hand.

Das ist nichts anderes als die Kapitalisierung des Begehrens, sagt Jan und wäre somit bei seinen Kernthemen angekommen, Sex und Klassenkampf. Er hat die beeindruckende Gabe, Frauen aus dem Stand ins Bett quatschen zu können. Ich hab schon erlebt, wie er am helllichten Tage eine Fremde dermaßen plattgeschwallt hat, dass sie tatsächlich mit ihm mitging, um sechzehn Uhr, völlig nüchtern. Bei mir zieht das nicht, aber mir gefällt die Show.

Jans Kaffee ist so stark, dass er fast wie Koks wirkt. Er trinkt davon ungefähr drei Liter pro Tag. Abends ist er dann so aufgekratzt, dass er mindestens drei Joints braucht, um wieder runterzukommen. Auch ich bin nach einer halben Tasse so wach, dass mir einfällt, dass ich dringend ins Kino muss. Ich stehe auf.

Jan wirkt geknickt, er wollte noch so viel mit mir besprechen. Damit ich keine allzu schlimme Enttäuschung bin, nehme ich einen Band Wilhelm Reich mit. *Die Funktion des Orgasmus*. Klingt gut.

Komm morgen wieder, schreit Jan ins Treppenhaus, *dann bauen wir einen Orgon-Akkumulator.*

Klar, schreie ich zurück, trete hinaus in den Matsch und renne los, voller Vorfreude auf Udo Kiers schleimige Geburt.

Gerade noch rechtzeitig komme ich am Kino an. Glücklicherweise war mir noch eingefallen, dass das International heute alle Teile von *The Kingdom* am Stück zeigt. Ich kaufe mir ein Kombiticket und verschwinde für die nächsten fünf Stunden im königlichen Reichskrankenhaus Kopenhagen.

—

Gestern musste ich ihn unbedingt haben, aber heute bezweifle ich, ob das wirklich nötig war. Er gefiel mir, wie er so hinter seinem Tresen stand und mit Zapfhähnen und Gläsern hantierte. Er hatte was von einer Katze. Jungs, die dabei sind, etwas zu tun, die gerade hochkonzentriert eine Arbeit ausführen, sich voller Inbrunst einer Sache widmen, auch wenn es nur Bierzapfen ist, haben eine anziehende Wirkung auf mich. Manchmal reicht es auch, wenn sie nur dasitzen und weltvergessen rauchen. Der Katzenjunge hat sehr schöne Hände, an deren langen, eleganten Fingern ein paar Silberringe stecken. Im linken Ohrläppchen hat er einen kleinen Totenkopf, so klein, dass man ihn nur erkennt, wenn man sehr nah an ihn rankommt. Er wirkte geheimnisvoll und geschmeidig, ein bisschen zu still vielleicht. Blicke, die das oder jenes heißen können. Beim Mann hinter der Bar kannst du nie sicher sein, ob er mit dir flirtet oder dir nur den nächsten Drink andrehen will. Da muss man schon deutlich werden. Ich bin kein Held der sexy Gesprächseröffnung, aber ich kann sehr deutlich gucken. Hat auch diesmal bestens geklappt. Das Küssen war schön. Der Katzenjunge hatte weiche Lippen und eine fordernde Zunge, die einiges versprach, aber als wir dann auf seiner Matratze lagen, wurde es schal. Chrissy behauptet, dass einer, der gut küsst, auch gut im Bett ist. Diese Theorie hat sich ja hiermit erledigt.

Der traurigste aller Magiertricks des Universums: wenn das, was dir von Ferne so begehrenswert erschien, verschwindet, sobald du es ergattert hast. Es entpuppt sich als Chimäre, verpufft zu einem Nichts, und dann bist du allein, allein mit einer Realität, die aus einem nackten Körper besteht, der schwer auf dir liegt und sich mit verzweifelten Zuckungen um seinen Höhepunkt müht.

Der Katzenjunge hat sein gesamtes WG-Zimmer mit Silberpapier verkleidet. Man fühlt sich wie am Set eines No-Budget-Science-Fiction-Films. Die Morgenkaffee-Konversation ist mühsam. Im Tageslicht verliert er noch mehr an Glanz. Seine Abendaura, seine Nachtausstrahlung: komplett verflogen. Ja, ich weiß nicht mal, ob ich ihn noch schön finde. Auch fand ich gestern seine Witze witziger, seine Augen größer, seine Seele tiefer. Wer ist dieser fremde Langweiler? Und was mache ich in seiner Raumstation?

Seine Persönlichkeit sprüht keine Funken. Vielleicht fehlt das Drumrum. Es gibt solche Menschen, die hauptsächlich durch das Dekor wirken. Nimmst du sie aus ihrer Umgebung, verlieren sie ihre gesamte Strahlkraft.

Hoffentlich denkt er genauso über mich. Hoffentlich herrscht Einigkeit, dass das eine einmalige Sache war.

Ein Blick zum Katzenjungen beweist mir, dass meine Sorgen unberechtigt sind. Er ist jetzt, nüchtern und bei Tage, von schlechtem Gewissen zerfressen. Wegen seiner Freundin, die gerade auf dem Geburtstag ihres Bruders in München ist.

Er schaut mich an, als sei ich schuld. Ich bin aber nicht schuld. Ich hab nichts gemacht. Ich saß nur da und hab gelächelt. Der Rest ist seine Verantwortung.

Und? Was hast du heute so vor?, floskelt er los. Ich lache nur bitter und gebe mir nicht mal Mühe, auf diesen Quatsch einzusteigen.

Er schweigt, raucht und trinkt Kaffee. Ich schweige, rauche und trinke Kaffee. Gerade will ich dem Impuls zum Gehen folgen, als der Katzenjunge von seiner Tasse aufblickt, mich kalt ansieht und sagt:

Nicht, dass du mir was angehängt hast.

Ich starre ihn ungläubig an.

Ich meine, ich mach das eigentlich nicht. Aber du scheinst ja – du scheinst das ja häufiger –

Seine Stimme erstirbt.

Danke für den ekligen Kaffee, sage ich, knalle die Tasse auf den Tisch und gehe.

Draußen sehe ich eine Weile meinem Atem zu, wie er sich in die kalte Morgenluft kringelt, bevor ich wütend eine rauche. Dieser Schleimer. Dieser Heuchler. Diese feige Sau. Als hätte sich nicht noch jeder, der sich nach einem One-Night-Stand erdreistete, den Satz *ich mach das eigentlich nicht* auszusprechen, als größter Flachleger der

Weltgeschichte rausgestellt. Warum muss diesen Selbstbetrug immer ich ausbaden? Erst zerren sie einen gierig ins Bett, und danach wird man als Schlampe beschimpft. Wo sind wir hier, in Saudi-Arabien? Und ewig diese AIDS-Hysterie. Soll er halt 'nen Test machen.

Ich gelobe, die Bar, in der er arbeitet, vorerst zu meiden.

—

Wenn ich ein Mann wäre, würde ich mich in die kleine, rothaarige Zitty-Verkäuferin verlieben, die jeden zweiten Dienstag neben ihrem Stapel Hefte auf der Warschauer Brücke steht, in Hitze, in Kälte, bei Hagel oder Sturm, immer fröhlich, immer strahlend, ohne erkennbare Stimmungstrübung, als sei sie unverwundbar, als könne ihr nichts auf der Welt etwas anhaben.

—

Am besten aufgehoben ist der Mensch in der *Bar*. Ich sitze da, wie lange nur, wie lange nur schon, und lausche meiner inneren Stimme. Draußen wechseln die Jahreszeiten, während drinnen die Gestalten bewegungslos am Tresen kauern. Sommer, Herbst, Winter, Frühling, Sommer. Es schneit. Es regnet. Die Sonne geht auf, die Sonne geht unter. Der Mond lächelt durch die verschmierte Scheibe. Sternlein zwinkern dem Säufer zu. Neunundneunzig Schnapsnasen und ein Mädchen im schwarzen Fellmantel. Draußen werden Weltkriege verloren, Revolutionen niedergeschlagen, Kinder geboren und getötet. Dramen spielen sich ab und Lustspiele, drinnen sitzt man und trinkt. Die Zeit in der Zeitkapsel *Bar* ist magische, verzauberte Zeit. Märchenzeit. Ein Wimpernschlag drinnen – eine Woche draußen. Auch die Worte sind verzaubert, und die Taten. Die Worte haben andere Bedeutung. Kommt ein Eindringling von draußen, versteht er die Sprache nicht. Hä? Was meinen? Der Dolmetscher schläft. Draußen werden neue Planeten entdeckt und Affenarten und Insekten. Draußen werden Erfolge gefeiert und Niederlagen beweint, drinnen zählt man in anderen Gütern, zahlt mit anderer Währung. Drinnen ist ein inneres Polaroid eines schrägen Moments mehr wert als eine gesamte Lebensphase. Der Schnappschuss eines Lächelns. Ein Witz, gerade noch am Schwanz erwischt. Draußen wird es hell, draußen wird es dunkel, drinnen werden heruntergebrannte Kerzenstummel aus wachsverklebten Flaschen gefummelt und durch frische, neue Kerzen ersetzt. Draußen wird einem Kind ein Plastikranzen auf die Schulter gesetzt, auf dass es mit hängendem Kinn und gesunkenem Mut gen Schulgebäude wanke. Drinnen wird in die Ecke gekotzt. Hunde schnarchen zwischen Tischbeinen, träumen von Blumenwiesen und saftigen Auen und stinken aus dem Maul. Draußen ist schon wieder Frühling. Jenseits der Scheibe blühen die Krokusse, drinnen beißt ein besoffener Barmann einer verwelkten Rose den Kopf ab, kaut sie und spült sie mit Wodka runter.

Hier sitzen sie, die Tagwerkunwilligen, in ihrer Alkdunstwolke der Verweigerung, und prosten sich trotzig zu. Jetzt schlafen sie ein. Jetzt wachen sie auf. Jetzt singen sie ein Lied: Gröl, gröl, gröl. Das Leben liegt nicht vor, sondern neben uns. Da liegt es auch viel besser. Dann wieder Stille. Ein Engel geht vorüber, eine Maus wird geboren, man hört eine Stecknadel sterben. Draußen wird begehrt und gewollt, drinnen schlug längst die Stunde der weichen Schwänze. Draußen verlöschen die Laternen, drinnen knipst sich manche Lampe selbst aus. Münder formulieren Weisheiten, die ungehört im Dunst verhallen. So manche drinnen geborene Idee wäre draußen Gold wert, könnte sie nur die Schranke zwischen den Welten passieren. Ja, hätte sie nur einen Passierschein! Aber die Grenzer nehmen einem jeden vorsorglich das drinnen erwirtschaftete Gedankengut ab. Kein Devisenhandel! Was drinnen erdacht wurde, bleibt auch drinnen. Was drinnen gefühlt wurde, bleibt auch drinnen. Bums. Ein alter Mann fällt vom Stuhl. Noch eine Runde für alle! Verbrüderung muss sein. Verbrüderung mit Brüdern. Und einer Schwester. Ali Baba und 'ne Handvoll Räuber. Die Prinzessinnen haben längst ihre Piccolöchen ausgetrunken und liegen angenehm berauscht in der Satinbettwäsche. Übrig bleiben nur die verstoßenen Prinzen und die Räuber. Die ein oder andere Hexe hat's immerhin nach drinnen geschafft, sackte aber längst unter der Last der Vergiftung am Tresen zusammen. Jetzt kann man wirklich nicht raus, ist ja schon hell! Drinnen werden Gelöbnisse, Versprechungen und Geburtstage vergessen. Das Fundament für die Vernichtung der Existenz, hier wird es gegossen. Einer steht auf und zahlt.

Bist du irre? Du kannst da jetzt nicht raus. Denn draußen, siehst du's nicht? Ist Strahlung wie Atomkrieg.

Ein Blick durch die Scheibe, schon verpufft der Elan. Wieder auf den Hocker gesackt. Na, eins noch, *for the road*. Begeistert prostet die Bruderschaft ihm zu. Die

Bruderschaft. Und eine Schwester. Damit hat er sein Ehegrab gegraben, weiß er aber noch nicht. Jetzt ist er glücklich und gelöst und rosa im Geiste wie ein Rattenbaby.

FRÜHLING

Der bunte Klumpen Frau wälzt sich auf der Karl-Liebknecht-Straße, Autos weichen aus, hupen. Auf der einen Straßenseite stehen Lilys Theaterjungs, auf der anderen steh ich, in der Hand eine Flasche Bier. Lily, in Albas Haar verkrallt. Sie ist von Haus aus schwächlich, aber großer Vernichtungswille gibt diesem dünnen Körper Kraft. Jetzt packt sie Albas Kopf und drückt ihn auf den Asphalt. Konstantin ruft irgendwas, wird aber vom Straßenlärm überdröhnt. Alba wehrt sich, stemmt sich gegen Lily, beißt ihr, kleine Mike-Tyson-Hommage, ins Ohr. Der Kampf ist sinnlos. Selbst wenn Lily siegen sollte, verloren hat sie sowieso. Doch sie gebärdet sich, als könne sie die verlorene Liebe aus der Rivalin herausprügeln und sich selbst wieder einverleiben. *Wenn deine Küsse ihn nicht halten können, deine Tränen bringen ihn nicht zurück*, weiß Georgette Dee und weiß im Grunde auch Lily, hat es wohl nur mal kurz vergessen. Der Kampf scheint abzuflauen, die Kräfte schwinden, die beiden rappeln sich hoch und rennen gebückt auf die Bushaltestelle zu, an der ich stehe und so tue, als würde ich auf den Bus warten. Lilys rostrote Mähne, Albas sattschwarzes

Schneewittchenhaar, die eine drahtige Föhre, die andere kurviges Vollweib, sie sehen aus, wie von einer Männerjury fürs Schlammcatchen gecastet. Lily, ramponiert, aber nicht ernsthaft verletzt, rennt grußlos an mir vorbei in die Nacht. Was nicht weiter schlimm ist, denn es gibt nur zwei, drei Orte, an denen sie später zu finden sein kann. Alba, blaues Auge, aufgeplatzte Lippe, lässt sich auf die Bordsteinkante sinken und sagt *Ich glaub, mein Arm ist gebrochen.* Jetzt rennt auch die Gruppe über die Straße, Konstantin brüllt weiter Unverständliches in sein Megaphon, es ist wieder so eine Nacht, die nie enden wird, und alle sind leicht erregt und glühen, aufgekratzt von dem unverhofften Ausbruch roher Gewalt, auch wenn sie gar nicht beteiligt waren, ihre Körper nicht mit verwickelt, sondern als Zuschauer am Straßenrand.

Zwei Stunden vorher saß ich noch neben Alba im Zuschauerraum des Audimax und sah Konstantin, Lily und den anderen zu, die auf der Bühne standen und ein selbst entwickeltes Stück spielten. Lily zog ihre grünen Cordschlaghosen herunter bis in die Kniekehlen, hielt der Menge ihren hakenkreuzverzierten Apfelhintern hin, und Konstantin brüllte durch sein Megaphon *Wer will diesen Arsch für zwanzig Mark?* Es wurde auch viel gesungen, und am Ende kam ein Typ, als Tannenbaum verkleidet, und tanzte mit Lily, die inzwischen umgezogen war und jetzt den sterbenden Kapitalismus darstellte, Rock 'n' Roll. Ein paar Theaterwissenschaftsstudenten, die mit hehren Erwartungen zur Vorstellung gekommen waren, verließen kopfschüttelnd und böse murrend das Audimax. Ich fand's ganz unterhaltsam. Die erste Begegnung zwischen

Alba und Lily vor der Vorstellung war erstaunlich glimpflich verlaufen, beunruhigend glimpflich. Lily machte einen auf Busenfreundin, vielleicht hätte man Alba warnen müssen. Die Attacke geschah aus dem Nichts heraus, als wir am Straßenrand standen und warteten. Lily packte Albas Kopf und drückte ihn nach unten, knallte ihr ein Knie in den Bauch und schleifte sie in die Straßenmitte, wo sich Albas Geschrei im Lärm der Motoren verlor.

Ich habe Lily vor drei Wochen auf der Straße gefunden. Sie lag in einem blauen Baumwollkleid vor dem Fischkeller und heulte. Keine Ahnung, auf was genau sie war. Später behauptete sie, es war nichts, nur Ennui und Alkohol, aber so ganz konnte ich ihr das nicht glauben. Ein paar hilflose, müde Jungs standen im Halbkreis um sie rum und starrten sie an wie einen Autounfall. Ich nahm sie mit zu mir, und dann ist sie einfach nicht mehr gegangen. Nistete sich im Konrad-Zimmer ein. Geht nicht in die Uni, geht kaum auf Partys, sitzt da, schweigt. Manchmal schreit sie, manchmal raucht sie. Manchmal liest sie stundenlang am Telefon irgendeinem armen Opfer Freuds *Unbehagen in der Kultur* vor. Aber meist sitzt sie einfach nur da und schaut in erträumte Weiten, still und schön wie auf einem Ölschinken, der die ideale Gattin des neunzehnten Jahrhunderts zeigt. Nur die Stickarbeit wurde rausretuschiert, stattdessen hält sie eine Kippe oder kringelt mit ihren Fingern in ihren Locken. Man könnte sie glatt für harmlos halten.

Ich habe mir immer eine Freundin gewünscht. Aber jetzt ist es so, als hätte ich einen Hund aus dem Tierheim geholt, dessen verkorkste Vorgeschichte ich nicht kenne.

Lily neigt zu plötzlichen Gewaltausbrüchen, so wie vorgestern: Da warf sie ohne Vorwarnung meinen Aschenbecher an die Wand, brach in satanisches Gebrüll aus und stürmte aus der Wohnung. Nach dreißig Minuten stürmte sie zurück, mit zehn Freaks im Schlepptau, die sofort anfingen, Musik zu machen und sich irgendwas vorzuspielen, Filmszenen, traumatische Erlebnisse aus ihrer Kindheit, was weiß ich, jedenfalls war Lily mittendrin und ungewohnt aufgekratzt, kaum wiederzuerkennen. *Das ist meine Theatergruppe*, schrie sie, wieder bestens gelaunt, und knutschte einen speziellen Typen ab, der von ihr auch im weiteren Verlauf des Nachmittags mit besonders hysterischer Aufmerksamkeit bedacht wurde; das ist wohl ihr Auserwählter. Er sieht aus wie ein fröhlicher, perverser Jesus, die anderen wirken eher unscheinbar.

Sie laberten mich mit Theorien voll und zwangen mir diese schwarze Schwarte auf, die jetzt neben dem Bett liegt, mit dem ernsthaft irre aussehenden Typen auf dem Cover, irgendwas über Theater, das mich nicht sonderlich interessiert, und luden mich zu ihrer Performance ins Audimax ein.

Die soeben stattfand. Und bei der eine völlig neue Lily hervorbrach, Lily, die Rampensau. Die irgendwo tief in ihr versteckt war.

Ich stehe an der Bushaltestelle und bin plötzlich unwillig, die Nacht mit diesen Theaterclowns zu teilen. Nein, die Nacht gehört mir, da kann noch was draus werden, was Erhabenes, Großes, etwas, das jenseits dieses mickrigen Eifersuchtsdramas liegt. Männerprobleme, immer diese Männerprobleme, als gäbe es nicht so viel schönere Gründe für die Wut.

Ein Bus kommt, ich steige nicht ein. Ich laufe los, weg von Trubel und Geschrei, die lange, fast menschenleere Straße entlang, vorbei an der Oper, vorbei am Dom, überquere den hässlichsten Platz der Welt, dann weiter, immer weiter auf Stalins Prachtallee, denke, ich könnte mal wohin, wo ich nie war, wo, wo war ich noch nicht?

Hier.

In dieser ranzigen Kaschemme.

Die Klientel: ein Haufen Langhaarige, die zu den Klängen von Manowar ausdruckslos in ihre Biergläser moshen. Erst beachten sie mich nicht. Der Junge hinter der Bar sieht ein bisschen aus wie David aus *Lost Boys*. Ich will exzentrisch sein und seine Welt erschüttern, deshalb bestelle ich einen Baileys auf Eis. Ungerührt reicht er mir das lächerliche Getränk.

Es vergehen fünf Minuten, bis der Erste kommt und mich zutextet. Schade. Auch diese stillen, dunklen Gestalten bekommen Sprechdurchfall, sobald sie was Weibliches, verhältnismäßig Unverbrauchtes entdecken. Einfach mal mit Drink in der Hand an der Bar kleben und vor mich hin denken, das wär's. Aber da mir das wieder mal nicht vergönnt ist, trete ich die Flucht nach vorn an. Ich krame in meinem Hirn nach irgendwelchem Metall-Wissen, mit dem ich angeben kann.

Tu, was du willst, soll sein das ganze Gesetz, Aleister Crowley, prost, sage ich und hebe mein Glas, was mit dem Baileys nicht ganz so gut kommt. Was soll's. Dem Klops, der neben mir steht, kann ich alles erzählen, er ist vor lauter Geilheit schockgefroren.

Mir ist schon wieder langweilig, ich rutsche vom Hocker, verlasse diesen Ort des Elends und gehe rüber in die Besetzerkneipe, in der der *Tomcat* steht, und verballere ein paar Münzen. Gleich klebt sich wieder ein fickriges Etwas an meine Seite und versucht, mich mit uninspirierten Fragen rumzukriegen, *Wo kommst du her, wo willst du hin, was hörst du für Musik?* Ich krame in den Taschen meiner Humana-Hosen nach möglichem Kapital und muss erkennen, dass ich den Rest der Nacht auf Sponsoren angewiesen bin. Ich betrachte das Ding neben dem Flipper genauer und sehe, dass es nicht mal so übel aussieht. Es hat mächtig Blech in der Visage, die aber eher zart und klassisch wirkt. Ich schlage vor, dass wir uns Wodka holen, oute mich aber sofort als pleite, damit er weiß, woran er ist. Macht ihm nichts aus, er hat Kohle genug, meint er. Na dann. Ich frage ihn, wie er heißt, und seine Antwort haut mich um.

Chérie.

Ernsthaft? Du nennst dich Chérie?

Er guckt etwas verärgert, als habe er eine solche Spießigkeit von mir nicht erwartet.

Jetzt merke ich auch, dass er gar keinen Sex will, sondern Aufmerksamkeit. Er hatte, so sagt er, eine harte Nacht.

Was immer das bedeutet, es hat ihm ganz schön zugesetzt. Beim Kippendrehen zittern seine Hände. *Normal*, meint Chérie, und langsam glaube ich, dass er zu den armen Kreaturen gehört, denen schon ihr ganzes kurzes Leben lang übel mitgespielt wurde.

Chérie taut ein bisschen auf und beginnt zu erzählen: dass er früher mal – kurz! – anschaffen ging, inzwischen aber in Fahrrädern macht.

Ich klau aber nur in Charlottenburg, schiebt er schnell hinterher, damit ich ihn nicht verurteile.

Heute hat er ein so gut wie neues Rennrad verscherbelt, deshalb hat er auch *seine Spendierhosen an*, wie er sich ausdrückt.

Eine Stunde und ein paar Wodkas später weiß ich:

Sein großer Held ist der Typ aus der Levi's-Werbung –

Seine Lieblingsdroge ist Speed –

Er würde gern nach Mallorca ziehen oder sonst wohin, wo die Sonne immer scheint und die Drinks billig sind, hat aber bisher den Absprung nicht geschafft –

Er hätte gern bessere Arme, ist aber sonst ganz zufrieden mit seinem Körper –

Seine einzige Angst ist, dass er in einem U-Bahnhof von Nazis erstochen wird, so wie Silvio Meier, ansonsten kann ihm keiner was –

Aber jetzt muss er auch schon los, *sonst macht sich Günni Sorgen, ciao,* und weg ist er, abgetaucht in ein Leben, das eventuell noch ein paar dunkle Überraschungen für ihn parat hat.

Wer mag nur dieser Günni sein? Sein Zuhälter, Bruder, Lover, Stiefvater?

Er hat mir fünf Mark und einen halben Beutel Van Nelle dagelassen. Damit komme ich schon mal eine Runde weiter. Zwecks Karmapflege will ich die Alte mit der verkrusteten Kopfhaut, die schon seit Stunden oder auch Jahrmillionen in der Ecke sitzt, sich hin und her wiegt und unverständliches Zeug brabbelt, auf einen Drink einladen. Doch als ich mich, wie ich finde, warmherzig lächelnd auf sie zubewege, schreit sie Zeter und Mordio.

Dann eben nicht. Trink ich halt allein. Doch sosehr ich mich bemühe, die erhabene, kaputte Größe einer literarisch wertvollen, einsamen Trinkerfigur will mir einfach nicht gelingen. Stattdessen dämmere ich ein bisschen weg. Gestalten kommen und gehen, verwischen; mir ist, als habe ich eine Weile mit einem hoch aufgeschossenen Brother mit beeindruckend voluminösem Siebziger-Jahre-Afro Tequilas getrunken und über Douglas Coupland gesprochen; kann sein, kann aber auch nicht sein. Irgendwann raffe ich mich auf und stärke mich für einen nächsten Etablissement-Wechsel (draußen fiepen schon nervige Vögel) und lande in der Bar ohne Kühlschrank.

Nick steht heute hinterm Tresen, ein Typ, der aussieht, wie dem Studio 54 entsprungen, von kalter, androgyner Sexyness und angenehm hohem Verrücktheitslevel.

Ich hänge mich zu den üblichen Verdächtigen an den Tresen und bestelle einen warmen Gin Tonic. Die zwei kleinen Punks Fraggle und Alf sind da, ferner fünf, sechs Fremde, von irgendwelchen Partys Übriggebliebene, und die französischen Möchtegern-Cowboys, alle drei Stück, mit geröteten Augen und geschwollenen Nasen.

Ich beobachte sie bei ihren mehr oder weniger erfolgreichen Abschleppversuchen. Schon blöd, wenn du ein Mann bist und wahnsinnig Aufwand und Mühe in so eine Verführung gesteckt hast, stundenlang Drinks ausgegeben und dir die Seele aus dem Leib gequatscht und witzig gewesen und tiefe Blicke geschmissen, und du denkst, du weißt, wie der Abend endet, hurra, und dann erhebt sich die Braut vom Hocker und sagt: *Ich muss los, man sieht sich …* Von so was kann man schon mal schlechte Laune kriegen oder Selbsthass oder Frauenhass.

Die Cowboys, das konnte ich schon mehrfach beobachten, haben ein großes Problem: Einer von ihnen kriegt immer alle ab. Die anderen versuchen, mit dieser Tatsache so nonchalant wie möglich umzugehen, was aber oft nicht klappt.

Nichts ist so demütigend wie die erotische Überlegenheit deines besten Freundes, murmele ich gehässig in mein Glas. Gerade kämpfen sie um ein Mädchen, das aussieht wie ein Woodstock-Revival. Hübsches Gesicht, dünnes, flachsiges Haar, in dem eine original echte Margerite steckt, schon etwas welk, aber ein Statement.

Der Kleinste von ihnen, Jean, hat sie zuerst angesprochen. Dann kam Cowboy Nummer zwei dazu, Laurent, der Dicke, und jetzt quatschen sie sie stereo zu, aber sie guckt nur zu Cowboy Nummer drei rüber, Eric, der am anderen Ende des Tresens steht und so tut, als interessiere sie ihn nicht. Ein alter Trick. Am Ende der Nacht wird er es sein, mit dem sie mitgeht. Sobald sie abgezogen sind, kommt (man kann seine nicht vorhandene Uhr danach stellen) diese hysterische Kuh, die Erics feste Freundin ist, um ihren besoffenen Mann vom Tresen zu kratzen. Aber tja, der liegt längst auf einer anderen, und dann müssen die Freunde ihn auch noch decken, von wegen Ehre und Kumpel-Codex, dabei sind sie sauer, frustriert und sexuell abgewürgt und würden ihn am liebsten hinhängen, bei seiner Alten verpetzen, damit er eins mit dem Nudelholz überkriegt von Miss Sweetie, aber das wagen sie nicht, das wäre gegen alle Regeln.

Ich lächle finster in die Runde und proste den Losern aufmunternd zu, da trifft mich ein Blick von Eric, der gar nicht das Blumenmädchen anschaut, sondern mich. *He*, denke ich, *ich steh hier außer Konkurrenz, ich bin nicht im Angebot*, und dann muss ich doch zugeben, dass er ziemlich heiß ist, auf eine bescheuerte, triviale Art.

Ich weiß auch nicht, warum er jetzt so guckt, als sei ich der Erbfeind. Ich bestelle beim volltrunkenen Nick ein letztes Bier. Das ich nicht zahlen kann, was ihn aber auch nicht stört.

Alf erzählt mir Heldengeschichten von früher, von der Schlacht um die Mainzer Straße, als handle es sich um einen wichtigen Krieg, den ich leider verpasst habe. Dann erklärt er mir, wie man Kartoffelbrei mit einer Bierflasche macht.

Das Blumenkind ist inzwischen tatsächlich zu Eric rübermarschiert und schäkert, die Margerite liegt längst am Boden zertrampelt. Es ist bereits die Uhrzeit, in der Suff und Gier das Zepter an sich gerissen haben, man sich den langen Vorlauf zur Gesichtswahrung an den Hut schmiert und direkt zur Sache kommt. Die beiden verlassen die Bar. Was er jetzt wohl mit ihr macht? Ist er eher so ein träger Liebhaber, der sich hinlegt und reiten lässt? Oder so einer, der einen packt und an die Wand nagelt?

Immerhin, wenn er hält, was sein Blick verspricht, könnte er ganz gut im Bett sein.

Rumms, die Tür fliegt auf, da steht sie, zerrupft wie ein Kampfhahn, wankend wie ein Schilfrohr, unterm Arm eine Stehlampe, Lily, Königin der Nacht, oder zumindest Baronesse des Morgengrauens.

Hat mir Sven geschenkt, gut, was?, sagt sie und setzt sich neben mich an den Tresen.

Hä, welcher Sven?, frage ich, und Lily:

Na, Sven halt. Und schweigt eine Zigarettenlänge, in der ich auch nicht darauf komme, welcher Sven das sein soll, aber ist ja auch nicht wirklich wichtig.

Bin ich schön?, fragt Lily plötzlich.

Klar bist du schön, sage ich.

Frauen müssen nämlich schön sein. Damit erhalten sie das Recht, sich beschissen aufführen zu dürfen. Männer dürfen sich immer beschissen aufführen, egal, wie sie aussehen. Es wird immer eine dumme Kuh geben, die nicht von ihrer Seite weicht und sie zum Gott erhebt.

Ich schaue mich in der Bar um, und mir fallen sofort mindestens drei Exemplare Mann ins Auge, auf die diese Theorie nicht zutrifft. *Nee, nee, nee*, sag ich, *wenn du als Mann keine Kohle hast und kein Talent, dann kannst du's ohne Schönheit auch vergessen.*

Aber Lily giftet sich in Fahrt, verflucht ihr Schicksal, kippt einen Kübel Häme über Alba und überhaupt alle Frauen, die nicht sie sind. Alles elendig reizlose Geschöpfe, auserwählt nicht wegen ihrer Großartigkeit, sondern weil sie so pflegeleicht sind. Weil Männer einfach immer, immer den geringsten Aufwand wählen. Richtig heiß sind sie nur auf Frauen wie Lily (sagt Lily), aber solche Frauen sind ihnen auf Dauer zu anstrengend, Männer sind zu faul für sie, oder eher: zu schwach. Aber, scheiß drauf, Konny ist eh abgeschrieben, ein Neuer muss her. Und Lily dreht sich um und blickt forsch besoffen in die Runde.

Im Angebot heute: zwei stinkende Punks Mitte zwanzig, ein stinkender Penner (alterslos), der letzte verbliebene Cowboy (fett) und der fiese Barmann, der aber inzwischen so weggetreten aussieht, dass er garantiert keinen mehr hochkriegt.

Ich würd's für heute eher lassen, rate ich altklug, aber nur, weil ich selbst viel zu blau bin, um noch irgendwas zu wollen.

Lily starrt vor sich hin, nicht einverstanden mit der Lage. Nicht einverstanden mit Konny und Alba, nicht einverstanden mit dem Lauf der Dinge, nicht einverstanden mit dem Universum, nicht einverstanden mit der Nacht, die längst keine Nacht mehr ist, sondern eher ein Mittag. Mit alldem ist Lily nicht einverstanden. Und ich, ich auch nicht.

Dann kommt Chrissy.

Wodka für alle, schreit sie, *Bukowski ist tot.*

Auch das noch.

Ha, schreit Lily, *der! Hätt so, wie er aussah, als Frau auch keine abbekommen!*, wird aber von den allgemeinen Kondolenzrufen überbrüllt.

—

Ich wache auf, es ist früher Nachmittag. Schemenhaft erinnere ich mich daran, dass wir gestern (vorhin) dann doch noch den Absprung schafften, daran, dass der Weg nach Hause mühsam war, weil Lily sich ständig fallen ließ und heulte, ich heulte mit, warum, das weiß ich auch nicht mehr, vielleicht wegen der Leere oder der Pleite oder dem Tod. Dann trat Lily in einer Aufwallung plötzlicher Wut eine Scheibe ein, das Schaufenster eines Reisebüros; völlig sinnlos, wir konnten nicht mal was mitgehen lassen. Ich dachte noch, verblüffend, welche Energie in diesem zarten Wesen wohnt, aber mehr dachte ich wohl nicht oder kann mich zumindest an keine großen Gedanken erinnern.

Der Tag ist schon wieder im Eimer, fieberhaft suche ich nach einem Weg, ihn auf seinen letzten Metern doch noch zu veredeln. Mir fällt Jan ein, und sein hoher Unterhaltungswert, also auferstehe ich, in exakt den Klamotten, in denen ich gestern (vorhin) umgefallen bin, auferstehe wie ein Untoter aus seinem Sarg, sogar die Schuhe sind noch dran, na bitte, und laufe die Treppe runter und durch das matschige, freudlose Nordkiez-Ambiente mit seinen dem Untergang geweihten Bewohnern. Sogar die Hunde gucken selbstmordgefährdet, haben alle diesen suizidalen Blick, als wollten sie jede Sekunde in einen Abgrund springen und sich an ihren Leinen selbst erwürgen. Ich denke kurz daran, dass heute um vierzehn Uhr dieses Seminar stattgefunden hätte beziehungsweise stattgefunden hat, nur ohne mich, und was für ein Mensch aus mir werden könnte, wenn ich die Kraft für all diese Bildung aufbrächte, denke an dieses goldene, gesunde, leistungsstarke Ich, eingebunden in die Gesellschaft, sehe mich beschwingt und mit aufgeräumter Seele in die Zukunft stürmen, aber diese Variante meiner selbst ist mir dann doch so fremd und fern, dass ich wieder fast dankbar bin für meine Lehranstaltsphobie.

Ich weiß nicht, wohin mit mir: Hier die Skylla der Krätze-Punks, dort die Charybdis der Joghurtfressen, beide bieten mir keine Heimat, egal, bin ich halt der ruhelose Geist, der trotzig zwischen den Welten herumstapft, und heute, heute stapfe ich zu Jan, dem Epizentrum der kommenden Weltrevolution.

Jan öffnet mir mit einem breiten, kindlichen Grinsen. Ich betrete die Bude, in deren Mitte ein Kasten steht, der aussieht wie ein von Rudolf Steiner entworfener Foto-fix.

Larissa! Endlich kommst du. Ich hab tausendmal bei dir angerufen, flüstert Jan.

Warum flüstern wir?, flüstere ich zurück.

Durch Kopfnicken deutet Jan an, dass in dem Ding einer drinsitzt.

Die Tür öffnet sich, dem Kasten entsteigt ein dürrer Junge.

Und?, fragt Jan ihn. *Wie fühlst du dich?*

Der Junge guckt verwirrt und ein bisschen traurig und zuckt mit den Achseln. *Na ja, irgendwas hab ich schon gespürt, aber ob das wirklich hilft, na ja.*

Du musst die Sitzung drei Mal pro Woche wiederholen, sagt Jan, ganz wie ein strenger Onkel Doktor.

Der Junge sieht nicht überzeugt aus.

Kannst du mir 'n Fuffi leihen?

Jan drückt ihm schlecht gelaunt einen Schein in die Hand. Der Junge geht.

Was hat er denn? Flüstere ich.

Er ist HIV-positiv. Und heroinabhängig, sagt Jan. *Noch.*

Du benutzt jetzt AIDS-kranke Junkies für deine Menschenversuche, Josef Mengele?

So ist es nicht, knurrt Jan. Dann hält er mir einen Vortrag über die Heilkraft der durch Metallplatten absorbierten Orgon-Energie. Die alles heilen kann, einfach alles.

Depressionen, zum Beispiel. Oder Schizophrenie. Oder jede Form der Sucht. Oder Migräne oder Krebs oder AIDS.

Ich versuche, nicht allzu skeptisch zu gucken.

Probier's doch selbst mal, ermuntert mich Jan.

Aber ich hab gar kein AIDS! Oder Krebs, schreie ich, plötzlich in Angst, dass sich Jan durch das viele Kiffen zu einem waschechten wahnsinnigen Wissenschaftler entwickelt hat, der mich jetzt einfach packt, in diese Kiste wirft und darin so lange einsperrt, bis er mich für geheilt hält.

Die Orgon-Strahlung wird deine Energie-Blockaden lösen und deinen Charakterpanzer aufweichen, meint Jan.

Charakterpanzer. Ich glaub ja nicht, dass ich einen habe.

Es ist total unverantwortlich, diesem armen Jungen irgendwelche Hoffnungen ins Herz zu pflanzen, sage ich.

Diese Haltung ist genau der Grund, warum die westliche Gesellschaft vor die Hunde geht. Und Jan hält mir wieder seinen Standardvortrag über die systematische Unterdrückung von innovativen Geistern und lebensverbessernden Theorien.

Weißt du, wozu sie Wilhelm Reich zwangen, diese Arsch-Amis? Sie zwangen ihn, seine Orgon-Akkumulatoren selbst zu zerhacken. Mit einer Axt. Und dann zeigten sie ihn an. Wegen Scharlatanerie.

Ich steh auch kurz davor, dich wegen Scharlatanerie anzuzeigen, sage ich. *Aber, dein Glück, ich bin mit den Bullen nicht so auf Du und Du.*

Jan schweigt und zieht sich aus.

Das kenne ich schon von ihm. Eine Überrumpelungstaktik, die er sich wahrscheinlich in irgendeiner Fibel der Verführungskunst angelesen hat. Ich sehe, wie immer, über seine Nacktheit hinweg. Jan setzt sich aufs Sofa, erkundigt sich nach dem Stand meiner Lektüre und spreizt die Beine. Lächerlich.

Ich ziehe *Naked Lunch* aus meinem Rucksack und halte es ihm ins Gesicht. Die Wahl findet vor Jans Augen keine Gnade, denn mit Literatur, die die Gesellschaft nicht weiterbringt, kann er nichts anfangen.

Bevor er wieder Reden schwingt, meinen Mangel an sexuellem Interesse an seiner Person als therapierbare Deformation hinstellt, mache ich, dass ich wegkomme.

Aber vorher schnorre ich ihm noch einen Zwanni ab.

Mit meinen Resten von vergangener Nacht besitze ich nun ein Gesamtkapital von siebenundzwanzig Mark. Der unverhoffte Reichtum hebt sofort meine Laune.

Schon schade, dass meine Libido so selten meine Vorlieben teilt, denke ich, als ich so dahinschlendere. Könnte ich die Sache entscheiden, dann wäre ich klar für Jan. Sexbesessen wie er ist, hat er sicher allerhand interessante Techniken drauf, aber leider tut sich nichts zwischen meinen Beinen, wenn ich an ihn denke. Ich gehe zu Bolle, kaufe unserer kleinen Schrott-WG eine Dose

Ravioli, eine Flasche Bongeronde und eine Packung ja!-Kekse. Zwischen den Regalreihen entdecke ich Tamara und ducke mich, bis sie verschwunden ist. Weil ich ihr ganze fünfundsechzig Mark schulde.

Dann geh ich zu den Vietnamesen, die sich in kleinen Gruppen um das Ring-Center herumdrücken, und kaufe ihnen eine Stange Marlboro ab. Es ist erst siebzehn Uhr. Ich setze mich auf die Stufe eines Hauseingangs in der fetten, hässlichen Allee und rauche. Im Geiste schreibe ich eine Liste der Leute, die ich noch anschnorren kann; es wird eine kurze Liste.

Bestandsaufnahme: Es ist ein ruhmloser, kläglicher Mittwoch. Ich habe eine Plastiktüte mit zehn Schachteln Kippen und zwei Mark. Wetter: grau. Stimmung: grau. Verfassung: langsam abklingender Kater. Aussichten: trübe. Keine Verheißung, auf nichts, nirgends.

Ein Plakat, das für Seife wirbt, verkündet: *Der einundzwanzigste März ist Frühlingsanfang.*

Ich sehe aber nichts von Frühling. Was ich stattdessen sehe, ist Eric, der gerade mit seiner Freundin an der Hand um die Ecke biegt. Noch nie hab ich die beiden außerhalb der Bar gesehen, sie wirken in der Helligkeit des Tageslichts wie Romanfiguren, die sich im Genre geirrt haben. Ich sehe ihnen hinterher, dem Westernhelden mit den Biker-Boots und dem wiegenden Schritt und seiner hübschen, blassen Maus. Ihre Hände liegen lasch ineinander, nichts, worauf man eifersüchtig sein müsste.

Sie sehen mich nicht.

—

Everybody be cool, this is a robbery. Any of you fucking pricks move and i'll execute every motherfucking last one of you, kreischen Tim Roth und Amanda Plummer, bevor die Surfgitarre dramatisch losschrummelt.

—

Ich habe versucht, mich selbst zu überlisten, und habe mich mit der Siegesgewissheit eines Normopathen in die Uni aufgemacht. Was ist schon groß dabei? Man muss nur mit der Herde traben, sich in einen Raum setzen, still sein, zuhören, ein paar Sachen begreifen und wieder gehen.

Natürlich bin ich erneut gescheitert, hab es nicht bis in den ominösen Raum geschafft, bin vorher abgebogen und im Uni-Café gelandet.

Dort finde ich, zu meiner großen Verwunderung, Lily. Neben ihr sitzt ein makelloses Wesen mit blond gelocktem Haar, Teint aus Marzipan und Giraffenbeinen. Ich setze mich dazu, verstört und alarmiert, und versuche, rauszufinden, was Sache ist. Goldilock guckt mich mit Kulleraugen an und berichtet in schleppenden Sätzen aus ihrem öden kleinen Leben. Dann erhebt sie sich, entklappt ihre Beine wie ein frisch geborenes Zebra-Fohlen, *ich hab Seminar*, und stakst davon.

Mir ist da was passiert, sagt Lily. *Ich komm da grad so aus dem Judith-Butler-Seminar, in dem ich nichts kapiert hab, nur so in der letzten Reihe saß und Kringel auf die Pappe meines Ringbuchs malte, kam den Gang lang, da spüre ich im Oberarm so ein Ziehen, so wie Muskelkater, aber hab ich gestern Sport gemacht oder was?*

Lily, die niemals Sport macht, gönnt sich eine Kunstpause.

Na ja, ich so weiter, da bemerke ich das Ziehen auch in den Beinen. Und schau an mir runter, aber nichts Besonderes. Da trifft mein Blick meine linke Hand, und ich sag dir: Sie ist plötzlich behaart. Schieb ich den Ärmel meiner Bluse hoch und seh, dass mein ganzer Arm mit dichtem, schwarzem Haar bedeckt ist, wie ein Bärenpelz. Dann spüre ich meine Brüste schmelzen und seh dort, wo sie vorher waren, die Bluse sackartig runterhängen. Und, believe it or not, zwischen meinen Beinen wächst ein Schwanz. Und als ich am Ende des Flurs angelangt bin, hab ich mich völlig verwandelt. Auch meine Wahrnehmung hat sich verwandelt: Ich nehme plötzlich all die schönen Weiber um mich wahr und begreife die komplette analytische Logik! Und da erblicke ich dieses engelsgleiche Geschöpf, und mein neuer Schwanz befiehlt mir, sprich sie an! Sprich sie an!, et voilà.

Und wo ist dein Schwanz jetzt?, frage ich mit skeptischem Blick zwischen Lilys Beine. *Irgendwie seh ich da unten nichts.*

Tja, das ist das Blöde: So schnell, wie er gekommen war, verschwand er wieder. Und auch alle anderen Effekte der Metamorphose haben sich wieder zurückgebildet.

Na toll, Lily, sage ich, *jetzt hast du diese Kuh am Hals. Und das ganz ohne gierigen Schwanz, der dir das Blut aus dem Hirn saugt und dich zu einem willenlosen Zombie macht, der in seinem Rausch nicht bemerkt, wie nichtssagend das Mädi ist.*

Nein. Wir haben sie jetzt am Hals, sagt Lily. *Und außerdem ist sie ganz nett. Sie kann doch nichts für ihr Aussehen!*

Ich, was habe ich mit der zu tun?, schreie ich, steh auf

und laufe weg. Ich male mir aus, wie wir jetzt alles zu dritt machen müssen; in jede Szene unseres bis gerade noch schönen, entspannten Lebens ist das Fohlen mit reinkopiert. Wir sitzen in unseren Autositzen – das Fohlen sitzt daneben. Wir liegen auf dem Teppich und lesen Camus – das Fohlen liegt auch da und nervt mit altklugen Kommentaren. Wir sitzen in der Bar – das Fohlen sitzt mit am Tresen und schnappt uns mit seinem Augenaufschlag alle guten Männer weg. Ich werde wütend. Außerdem, warum ist es schon wieder siebzehn Uhr? Wie kann das sein? Bin ich nicht eben erst schwungvoll und erwartungsfroh mit den Friedrichshainer Restvögeln aufgestanden? Habe ich nicht fest vorgehabt, diesen Tag voll Tatendrang am Schopf zu packen? Und warum sitze ich schon wieder in keinem Seminar?

Es soll nicht sein.

—

Um drei Uhr dreißig ruft Lennard an und erkundigt sich, auf welcher Seite von *Naked Lunch* ich inzwischen sei. Er lallt, aber nur ein bisschen. *Ich bin gerade da, wo Doktor Benway über die subtilen Foltermethoden von Annexia spricht*, sage ich. *Schön*, sagt Lennard zufrieden.

Und, wie geht's?, frage ich.

Könnt nicht sagen, dass irgendwas geht, meint Lennard.

Na dann, gut Nacht, sage ich, weil ich merke, dass ich ganz schön müde bin, und lege auf.

—

Weißt du was? Wir stinken, sagt Lily und schnüffelt theatralisch unter ihren Achseln.

Wir sitzen im großen Zimmer, vom Rotwein leicht berauscht.

Die Episode mit dem Fohlen ist Gott sei Dank noch mal gut ausgegangen. Lily hat dann doch recht schnell das Interesse verloren. Zur Abschreckung machte sie auf erotisch entflammt, was das verklemmte Fohlen sofort in die Flucht schlug.

Dabei war ihre Performance nicht besonders überzeugend; ich war selbst dabei. Sie stank hundert Meter gegen den Wind nach Hetera, die Lesbe spielt, aber nicht mal das hat das Fohlen durchschaut. War wohl tatsächlich nicht nur schön, sondern auch dumm.

Aus dem CD-Player schallt Manu Chao. Lily hockt auf dem Boden und bastelt an einer Krone aus Kaninchendraht, schwarzem Samt und Strass. Soll ein Geschenk für Konstantin werden. Ein absurder Versuch, Alba doch noch auszustechen. Ich nähre düstere Vorahnungen, dass das schiefgehen, dass die Krone alles noch schlimmer machen, dass diese Woche nicht gut enden wird, aber ich halte weise meine Klappe und ertrage Lilys Gebastel mit versteinerter Miene.

Stimmt, wir könnten eine Dusche vertragen. Wir überlegen, bei wem wir noch aufschlagen könnten, ohne Missmut zu erregen. Mir fällt Konrad ein. Er wohnt jetzt irgendwo in Kreuzberg in einem Hinterhaus. Hat seine *Seelengefährtin* gefunden, wie er mir am Telefon erzählte. Und zwar, man halte sich fest, *im Traum.* Ja. Er behauptet, von ihr geträumt zu haben, noch bevor sie ihm je begegnet sei, und dann hat er sie leibhaftig auf dem Soli-Konzert für Mumia in der Köpi getroffen. Eine typische Konrad-Geschichte, um die Trivialität der menschlichen Begegnungen mit mystischem Brimborium zu überzuckern.

Es dauert ewig, bis wir am Kotti sind. Jetzt müssen wir nur noch durch das Haus mit dem Loch in der Mitte, wo eine Menge von der Hässlichkeit ihrer neuen Heimat traumatisierte Türken wohnen, vorbei an ein paar Dönerbuden und Call-Shops und Klamottenläden – und wir sind da.

Leider weiß ich das Stockwerk nicht mehr. Wir rennen Treppen auf und ab, hauen gegen alle Türen und fragen nach Konrad. Endlich erwischen wir die richtige Tür. Ein Typ in einem japanischen Hausanzug öffnet. Als er uns erblickt, sieht er nur mäßig entzückt aus, bittet uns aber herein.

Es riecht nach Beedies und verbranntem Essen. An der Wand hängt ein Bild von Kurt Cobain, auf dem er eine bescheuerte, weiß umrandete Sonnenbrille trägt. Unter seiner grinsenden Visage steht: *Thanks for the tragedy. I need it for my art.*

Konrads neue Freundin sitzt im Schneidersitz auf einem indischen Tuch und spielt leise *Wish you were here* auf der Gitarre. Sie heißt Sonne und sieht auch so aus. Konrad sitzt auf dem Fensterbrett und schnitzt an einem hölzernen Ding. Als ich genau hinsehe, erkenne ich, dass es ein Pferd wird.

Warum schnitzt du ein Pferd?, frage ich Konrad, der sein Lebtag nichts mit seinen Händen gemacht hat, außer vielleicht Joints drehen, Pillen einwerfen und wichsen.

Konrad beginnt zu strahlen.

Oje.

Also, dass ich Patentante werde, das kannst du dir abschminken.

Konrad wedelt beruhigend mit dem Schnitzmesser, sagt, dass sie eh in vier Wochen aus Berlin wegzögen, weil –

Jetzt komm mir bloß nicht mit in der Großstadt kann man keine Kinder aufziehen und bla.

Konrad guckt verlegen. *Na ja. Find ich schon irgendwie rough hier, so mit 'nem Kurzen,* und bläst sich eine Strähne seines fisseligen Blondhaars aus den Augen, das vornherum noch recht voll ist, sich aber hintenrum bereits fies ausdünnt. Der Engel lässt Federn.

Konrad ist also auf dem besten Weg, einer von denen zu werden. Einer von denen, die sich über die Spritzen im Sandkasten aufregen, die ihre Freunde von früher dort liegen gelassen haben. Einer von denen, die einen bitten, im Flur die Schuhe auszuziehen, damit das Parkett nicht leidet. Einer von denen, die sich in Sicherheit bringen und den Kumpels, die es nicht geschafft haben, kaltschnäuzig die Tür weisen.

Timo ist noch nicht mal vier Monate tot und wird schon von seinen Freunden posthum verraten.

Ich fummle eine zerdrückte Schachtel Mafia-Kippen aus der Tasche und gebe eine Runde aus.

Jetzt macht auch Sonne mal den Mund auf: *Ich find Orte schon ganz schön, wo man ein bisschen mehr Platz hat.*

Sonne ist Urberlinerin. Sie kann nicht wissen, welchem Grauen wir Zugezogenen entflohen sind.

Ich frage Konrad, ob er was von Janek gehört habe. Er schaut auf, verwundert, dass ich mich nach ihm erkundige, und knallt verärgert das halbfertige Pferd aufs Fensterbrett.

Dieser Wichser, haut einfach nach Indien ab und meldet sich nie. Und schuldet mir noch dreihundert Mark.

Ich sage nichts von unserer Begegnung in der U-Bahn, Verschweige die mir zuteilgewordene Liebesepiphanie. Das ist mein Geheimnis, es soll nicht entweiht werden. Kurz habe ich eine Erscheinung, ich sehe Janek vor mir in seiner ganzen Pracht, seine starken Arme, seine tiefdunklen Augen, sein Lächeln, das dir in einer Millisekunde eine ganze Welt verspricht.

Können wir vielleicht duschen? Lily, die bis dahin wortlos auf dem Boden hockte und an ihren Locken drehte, bringt das Gespräch auf den Grund unseres Besuchs.

Konrad führt uns in die Küche, wo er eine abenteuerliche Konstruktion gebaut hat: ein Podest aus Pressholz, auf dem ein Zuber steht, über dem ein Eimer hängt. Um zu duschen, muss man Wasser auf dem Herd warm machen, damit dann den Eimer füllen, sich drunterstellen und an einer Strippe ziehen.

Lily ist enttäuscht. *Wo sind unsere Freunde mit den richtigen Badezimmern?*, zischt sie mir zu. *Haben wir nicht*, zische ich zurück.

Ich finde, angesichts unserer Lage sollte sie nicht so anspruchsvoll sein.

Während Lily duscht, kommt der Typ im japanischen Anzug und macht sich ein paar Brote. Er sieht schon ganz schön alt aus, könnte unser Vater sein. Unsere Anwesenheit scheint ihm nicht zu passen, aber er sagt nichts, nimmt seine Brote und verzieht sich wieder in sein Zimmer.

Habt ihr was zu essen?, fragt Lily, die nackt und nass in der Küche steht, ohne eine Spur von Charme. Konrad zeigt auf den übriggebliebenen Kanten Brot. Lily ist wenig begeistert.

Könnt ihr uns 'nen Fuffi leihen?, legt sie nach. Aber nichts kann die Sanftmut dieses Hippiepaars aus dem Gleichgewicht bringen, das sich so schicksalhaft im Traume fand und nun Hand in Hand in die Zukunft schweben wird, bis dass der nächste Fremdfick sie scheidet.

Konrad schüttelt nur bedauernd den Kopf, aber Sonne fragt, ob wir vielleicht was haben wollten. Und deutet mit großer, weicher Geste durch den Raum. *Wir können beim Umzug sowieso nicht alles mitnehmen.*

Wir gucken uns in der Bude um. Da gibt's nicht viel zu holen. Ich inspiziere das Bücherregal: nur schrottige Eso-Literatur. *I Ging – das kosmische Orakel. Das große Tarot-Praxisbuch.* Khalil Gibran, *Der Prophet.*

Lily findet dann doch noch was: eine Dose schwarzen Lack. Und ich finde einen Teufelskopf aus Pappmaché, der mir ganz gut gefällt, weil er den Betrachter so komplizenhaft angrinst. Mit der Beute ziehen wir ab.

—

Lily will unbedingt zur Lesung dieses hässlichen französischen Autors mit dem unaussprechlichen Namen. Dafür müssen wir eine kleine Weltreise unternehmen, mit der

S-Bahn, mitten hinein ins Herz der Hochkultur, das verdammt weit weg ist, nämlich am Wannsee.

Unser Model Lily trägt heute: eine froschgrüne Cordhose vom Label *Aus der Teeniezeit* im Wert von, sagen wir mal, zehn Mark, einen beigen Kommissarsmantel von Humana im Wert von achtzehn Mark und an den Füßen Turnschuhe Marke *Auf der Straße gefunden* für umme. Unser Model Larissa sehen Sie in einer Herrenhose aus dem VEB Eisenhüttenstadt von Humana im Wert von sieben Mark, einem schwarzen Spitzenhemd von Humana für zwei Mark, einer unbezahlbaren Schlangenlederjacke aus Plastik aus dem Nachlass einer auf Trip hängengebliebenen und in der Klapse verschwundenen Freundin Chrissys sowie schwarzen Stiefeletten, ebenfalls ein Geschenk von Chrissy, im Schuhfachgeschäft Ihres Vertrauens ehrlich mit geklauter Kreditkarte erworben. Unsere Models tragen heute keine Dessous, da sie für den Gang zum Waschsalon zu pleite waren. Bevor man so tief sinkt und schmutzige Unterwäsche trägt, trägt man lieber keine.

Ich lese grundsätzlich nur Werke von gutaussehenden Schriftstellern, behaupte ich dreist, um der drögen Fahrt etwas Pep zu verleihen.

Aber Lily frisst den Köder nicht. Sie schweigt. Kaut auf ihren Locken und starrt aus dem Fenster.

Die Landschaft wird immer ländlicher. Die Leute in der Bahn sind wie ausgewechselt: Sie tragen frische, helle

Farben, haben Kinder in teuer aussehenden Blümchenkleidern dabei, es gibt Kleinfamilien mit bepackten Tourenrädern, das komplette Gesundheits-und-Frischluft-Programm. Nach unserer Ankunft geht es eine kleine Straße entlang auf eine prächtige Villa zu. Davor stehen jede Menge Kulturnasen und rauchen.

Drinnen herrscht diese sakrale Stimmung, die dir klarmacht, dass es sich hier um seriöseste Literatur handelt. Alle sitzen auf hellbraunen Klappstühlen und warten andächtig auf das Erscheinen des Wortkünstlers. Als er das Podium betritt, wird freudig geklatscht.

Der Autor liest leise nuschelnd auf Französisch, sein Übersetzer liest Passagen auf Deutsch, eine Frau stellt Fragen, die keiner beantwortet. Der Autor raucht Kette und sieht aus, als wäre er gern woanders. Er sieht überhaupt nicht aus wie ein neuer Star am Literatenhimmel, eher wie ein Informatiker, der sehr lange keinen Sex gehabt hat.

Aber genau darum geht es ja in seinem Roman, um diese untervögelten, traurigen Männer, flüstert Lily begeistert. *Das hat vor ihm noch nie einer so beschrieben.*

Ich merke, dass ihre Identifikation mit dem traurigen, untervögelten Mann an sich schon auf vollen Touren läuft. Sie bedenkt den bleichen Autor auf dem Podium mit einem dermaßen liebevollen Blick, als stünde sie kurz davor, auf seinen Schoß zu springen und ihn für immer von seinem Elend zu erlösen.

Traurige Männer, puh, maule ich.
Pscht, macht Lily.

Ich versuche, in die Geschichte einzusteigen. Zwei unattraktive Informatiker (wusst ich's doch), die einen stupiden Job im Landwirtschaftsministerium in Paris haben, fahren mit dem Auto durch die Pampa und klagen über ihre Mösenlosigkeit. Dabei hassen sie sich gegenseitig. Und der eine schreibt Tiererzählungen.

Ich muss zugeben, dass das gar nicht so schlecht ist.

Jetzt liest der Übersetzer einen Satz, der mir richtig gut gefällt:

Einen Schwanz kann man immer noch abschneiden; aber wie die Leere einer Vagina vergessen?

Langsam wird mir der Autor sympathisch. Ich applaudiere wild, aber keiner macht mit.

Nach der Lesung stehen alle so verklemmt im Raum, trinken Sekt und machen heilige Gesichter. Lily entdeckt einen Schnösel in der Menge, den sie aus der Uni kennt.
Marius, so ein Schleimer, der Gedichte schreibt, ganz schlimm, sagt Lily und verdreht die Augen.
Marius lehnt rauchend an der Wand und quatscht eine zu, so eine Kulturlandschaftspflanze mit cremefarbener Bluse und edlem Profil, die aussieht, als sei sie von Kindesbeinen an mit zermörserten Erstausgaben deutscher Idealisten gefüttert worden.

Wir stellen uns dazu und merken sofort, dass wir stören, bleiben aber trotzdem stehen, da wir neugierig auf Marius' Baggermasche sind.

Marius versucht's mit intellektueller Überwältigungsstrategie. Er bläht sich auf, doziert vor sich hin, neuer Realismus, der Angestelltentypus als Anti-Anti-Held, die Radikalität des Mittelmäßigen, walzt die Pflanze mit einer geballten Ladung Klugheiten platt. Plötzlich bedaure ich den Autor, finde es ungerecht, dass seine brutal ehrliche Elendsschilderung als Munition für anderer Männer Eroberungskriege herhalten muss. Dass Männer wie Marius, die garantiert noch nie den Impuls verspürten, aus lauter sexueller Frustration heraus in die Dünen zu laufen und dort glückliche Paare abzuknallen, dieses fremde Leid dazu benutzen, um Frauen wie die Pflanze rumzukriegen. Frauen, die sich wegsetzten, setzte sich ein Typ wie der Autor in der Pariser U-Bahn neben sie. Jetzt genießt der Autor seine späte Rache, die Rache des Außenseiters. Jetzt badet er in Anerkennung und kann alle Frauen haben, die früher vor ihm wegrannten. Aber worüber will er in Zukunft schreiben? Über Ruhm und Erfolg und das Leben auf der Sonnenseite?

Hey du, wendet sich Lily an Marius, *du kannst dir die Mühe sparen. Die will nichts von dir.* Und zur Pflanze gewandt, *oder? Willst du etwa was von dem?*

Bevor es zum Eklat kommt, zerre ich Lily aus der Schusslinie und auf die Terrasse.

Dort schweigen wir und rauchen, unter uns der See.

Komm, wir gehen nach Hause, sagt Lily. *In unseren geliebten Hundekack-Kiez.*

In der S-Bahn holt Lily die kleine Flasche Goldkrone raus, die sie im Späti gekauft hat, und macht still Privatparty. Ich lasse sie in Ruhe, träume vor mich hin, muss seltsamerweise an Eric denken, diesen selbstgefälligen Idioten. Mit welcher Lässigkeit er Nacht für Nacht eine abschleppt, die er weder mit der Strahlkraft seines Intellekts noch der Einzigartigkeit seines Charakters betört, sondern bloß mit diesem billigen Akzent und ein paar schmierigen Blicken. Niemals, niemals, niemals, so schwöre ich mir, werde ich je zu denen gehören, die unter ihn geraten. Und fühle bitter, dass ich eventuell was verpasse. Er guckt leider exakt so, als wüsste er, wie man es macht. Mir wird klar, dass ich mir langsam einen Liebhaber suchen muss, zur Überbrückung, bis Janek nach Berlin kommt.

—

Im verbeulten Postkasten befindet sich heute eine Postkarte. Das ist noch nie vorgekommen. Ganesh, der in einem spektakulären Farbflash seine vier Arme schlenkert. Auf der Rückseite steht:

Lieber Allen, unaussprechlich. Worte? Hierfür? Nein. Nie und nimmer. NIE UND NIMMER. Dies nur ein kleines Symbol für mein Gedenken. An dich. Alles andere (mehr, und größer) bald. Wenn ich da bin, wo du bist! Ich komme im Winter. Bis dahin: Lebe, lebe! Wie immer, Bill.

Ich gerate ganz aus dem Häuschen darüber, dass Janek meinen Literaturgeschmack teilt.

Er liest gerade Auf der Suche nach Yage!, schreie ich Lily begeistert an. Ich wusste doch, dass er es ist, der

Große Verwandte. Lily ist nicht überzeugt, findet die Allen-Bill-Anspielung peinlich und affig.

Was ist das jetzt wieder für ein Poser?, stichelt sie. Schade, dass ich kein Foto von Janek habe, um ihr damit das Lästermaul zu stopfen.

—

Nachdem Lily weg ist, gehe ich in den Waschsalon. Ich hatte dort lange Zeit auf eine romantische Begegnung gehofft, wie in einer amerikanischen Rom-Com, aber inzwischen habe ich begriffen, dass man dort nur schorfige Punks, Studentinnen in speckigen Wildlederjacken und durchs soziale Netz gefallene Omas antrifft. Ich haue unsere Humana-Hosen in die Trommel und füttere den Münzautomat mit Markstücken. Bis auf eine angegruftete Mittfünfzigerin mit von Enttäuschung und jahrzehntelangem Speedkonsum entstellten Gesichtszügen, die auf einem der orangenen, brandfleckenübersäten Plastiksitze kauert und *Wenn Frauen zu sehr lieben* liest, bin ich allein. Fünfundneunzig verdammte Minuten plus Trocknerzeit bin ich nun in dieser übel nach chemischer Sauberkeit riechenden Wartehalle des Grauens gefangen. Weggehen ist zu gefährlich, denn gern wird einem die nasse Wäsche geklaut, wahrscheinlich von den Omas, die sie zu Hause trocknen, hübsch aufbügeln und auf dem Flohmarkt verkaufen.

Ich setze mich und klappe mein Buch auf. *Blau wie die Hölle*. Es sind nur noch fünfzehn Seiten übrig, fünfzehn Seiten, die ich wie ein verhungerndes Tier verschlinge. Dann drehe ich das Buch um und träume mich in eine

Liebesgeschichte mit Philippe hinein. Philippe, dessen Schwarz-Weiß-Foto auf der Rückseite prangt. Sinnlich volle Lippen, Maestro-Mähne. Seine melancholischen Augen blicken seitlich aus dem Bild heraus in die Ferne. Philippe, der sagte, dass man nicht gleichzeitig einen Roman schreiben und eine Frau lieben könne. Glaub ich ihm sofort. Philippe ist einer, der keine halben Sachen macht, einer, der sich mit Haut und Haar seinem Gegenstand widmet. Wo mag er jetzt sein, jetzt, in diesem Moment, in dem ich hier in Berlin im Waschsalon sitze und langsam feucht werde? Ich würde mit ihm ans Meer fahren, keinesfalls in die Berge. Meer, das passt zu ihm. Ich würde auch nicht mit ihm in der Stadt bleiben, die ist zu voll von Literatur-Groupies, die ihn mir ausspannen wollen. Am besten in die Dodoche gesprungen und ab mit ihm in ein Fischerdorf, wo ihn keine Sau kennt, wo es nur alte Männer über siebzig gibt, alte, zahnlose Fischer, die keine Bücher lesen, und dann steigen wir in einer kleinen Pension ab, in der die Kakerlaken über die Tische rennen, und rauchen, reden und vögeln.

Und dann breche ich Philippe das Herz, verlasse ihn für einen Fischerjungen, so einen mit sonnengegerbter Haut und schwarzen Wimpern, und Philippe wird fast wahnsinnig vor Schmerz, ein Schmerz, den er nur überlebt, indem er einen Roman über mich schreibt, einen Roman, der später verfilmt wird, mit Juliette Binoche. Oder wäre es andersrum nicht besser? Er bricht mir das Herz, und ich schreibe ein Buch über ihn?

Ich spanne die Bauchmuskeln an und rutsche langsam vor und zurück. Diesen Trick habe ich vor kurzem zufällig entdeckt. Sehr praktisch. Man kann, wo immer man sich auch befindet, so viele Orgasmen haben, wie man will.

Als ich komme, wirft die alte Schrulle mir einen Blick zu. Wahrscheinlich ist sie neidisch, weil sie das nicht draufhat.

Wer braucht schon einen Penis, flüstere ich ihr zu, aber sie reagiert nicht. Vielleicht haben die vielen Rockkonzerte ihrer Jugend ihr Gehör geschädigt. Sie erhebt sich plump, geht zu ihrer Maschine und fingert ihre tristen Hippiefetzen aus der Trommel.

Ich muss noch eine Weile sitzen bleiben. Auf einer der Maschinen finde ich einen *Tagesspiegel* und blättere ihn durch. In einem Plattenbau in Marzahn wurden vier gefesselte, geknebelte Vietnamesen gefunden, durch Kopfschuss exekutiert. Die Zigarettenmafia.

—

Lily verdient ein bisschen Geld am Theater. Alles, was sie tun muss, ist, eine halbe Stunde vor der Vorstellung von *Rocky Dutschke* mit ein paar anderen finanzschwachen Studenten nackt im Foyer zu sitzen, Gitarre zu spielen und zu kiffen. Der Regisseur des Stücks, den sie alle verehren wie einen Guru, will einen Film mit dem Titel *Die letzten Tage von Bottrop* drehen und braucht noch Leute, die mit Ku-Klux-Klan-Masken auf dem Kopf im Bildhintergrund rumstehen, natürlich nackt. Lily fragte mich, ob ich auch mitmachen wolle, aber ich sagte: *Für so einen Quatsch hab ich keine Zeit. Ich muss im Bett liegen und Flaubert, Ginsberg und Bataille lesen.*

Was der Wahrheit entspricht.

Trotzdem schafft sie es dann doch, mich in ihren heiligen Tempel zu schleppen, ein graues, furchteinflößendes Gebäude in Mitte. Schreiende Frauen rennen über die Bühne und sehen sehr gut dabei aus. Ein dicker kleiner Mann saust herum und schreit, *Probleme, Probleme, immer diese Probleme*, und wickelt sich in eine US-Flagge. Ich sehe Lily von der Seite an, ihr rundes Gesicht glüht vor Begeisterung, aber ich kann mich nicht auf das Stück konzentrieren. Ich träume vor mich hin, schweife ab, bekomme Lust, den Mann, der in der Reihe vor mir sitzt und der so hübsche Schultern hat, in den Hals zu beißen. Das Stück nimmt kein Ende. Ich schlafe ein, wache wieder auf, die schönen Frauen rennen immer noch in High Heels über die Bühne, also schlafe ich wieder ein, bis der Applaus mich weckt.

Lily hat im Foyer Leute getroffen, die zu einer WG-Party in der Torstraße wollen. Na gut, gehe ich halt mit. Das Mädchen, das die Party schmeißt, zieht morgen für ein halbes Jahr nach Brasilien. In der unfassbar geräumigen Bude stehen die Gäste in den Fluren, rauchend, labernd. Auf die unverputzte Wand projiziert läuft stumm ein Tarkowski-Film in Endlosschleife, dazu Elektromucke.

Ich entdecke zwei, drei Jungs aus Lilys Theatergruppe und ein paar Gesichter, die ich mal in der Uni gesehen habe. Nichts lädt zum Verweilen ein, jede Visage ein offenes Buch, das man nicht lesen will.

Lily ist tanzen gegangen. Ich schlendere herum und nippe an meinem Berliner, bleibe bei der einen oder anderen Gesprächsgruppe stehen, stecke meinen Kopf kurz in die Unterhaltung und ziehe ihn dann gelangweilt zurück. Alle reden über sich und was sie noch Tolles vorhaben im Leben.

Ein Junge mit samtigen braunen Augen erzählt mir was über Quantenmechanik. Er ist Vizeweltmeister im Roboterbau, was immerhin schon mal ganz lustig klingt. Ein ziemlich betrunkenes Mädchen fällt ihm immer wieder um den Hals und sagt mir, was für ein netter Typ dieser Kilian doch sei.

Ist er vielleicht auch, dieser Kilian. Doch was soll ich mit 'nem netten Typen?

Sitz ich da mit dem netten Typen. Öde.

Dieser Kilian: Natürlich auch einer von denen, die mit Feuereifer an irgendwas dran sind. Er hat vor, einen Kurzgeschichtenband zu schreiben, den er *Das Buch der Flüssigkeiten* nennen will. Jedes Kapitel soll eine Flüssigkeit zum Thema haben, von A bis Z. Er fragt mich nach meiner Lieblingsflüssigkeit, ich denke: *Franzosensperma* und sage schnell: *Wodka*. Von meinem eigenen Unterbewusstsein kalt erwischt.

Gute Wahl, sagt Kilian gönnerhaft und fragt dann, was so mein Ding sei.

Ich sage: *Nichts*.

Überall dieser Gestaltungswille: Sogar Eric rennt mit seiner Super-8-Kamera durch den Kiez und hält sich für den neuen Godard. Alle wollen Kunst machen, aber echt mal, was soll der ganze Aufriss? Die wollen doch alle nur geliebt werden, bewundert und beweihräuchert. Anerkennung abgreifen, ihren Sexualstatus erhöhen.

Schätz mal, sage ich zum Vizeweltmeister im Roboterbau, *wie viele Leute auf dieser Party hier was schreiben könnten, was auch nur halb so gut ist wie* Howl.

Versteht er nicht. Sieht er anders. Seiner Meinung nach drängt es den Menschen an sich zum Ausdruck, hat jede Generation die heilige Pflicht, Chronisten ihrer Zeit hervorzubringen. Ich stelle mir Kilian vor, wie er in einem frisch gestärkten Hemd in einer Buchhandlung sitzt, aus dem *Buch der Flüssigkeiten* liest und sich ganz als Chronist seiner Zeit fühlt. Von A wie Ameisensäure bis Z wie Zitronensaft. Dass diese Typen auch immer glauben, sie hätten so Großartiges zu sagen. Ich frage mich, woraus er das schöpfen will, dieses Großartige. Aus seinem mickrigen, seichten Selbst vielleicht?

Willst du denn so gar nichts?, fragt der Vizeweltmeister.

Ich denke lange nach. Versuche, die Frage ernst zu nehmen. Ich sehe mich in einem Tropenanzug in den afrikanischen Sonnenuntergang starren und die Savanne besingen. Ich sehe mich nach einer durchtanzten Nacht mit einer Zigarettenspitze im Mund und einem silbernen Cocktailkleid am Leib im Bett liegen und Gedichte dichten.

Lesen, sage ich.

Das ist ja bescheiden.

Finde ich nicht. Irgendjemand muss das Zeug ja schließlich auch lesen. Das vergesst ihr nämlich. Dass alles, was ihr da produziert, auch von irgendwem konsumiert werden muss. Damit kann man schon ganz gut ein Menschenleben füllen.

Schön, aber wovon willst du leben?

Ich denke an all die unbezahlten Rechnungen und

werde ganz melancholisch. Was für eine blöde Spielverderberfrage. Wie alt ist der, fünfzig? Was vorher schon recht sicher war, ist jetzt endgültig: Dieser Kilian sieht mich niemals nackt. Ich werde nicht mal mit ihm rumknutschen.

Weiß noch nicht genau, wie ich das finanziert kriege, nuschele ich, gehe ins Bad und hol mir noch eine Flasche Berliner aus der Wanne.

Der Flirt ermüdet mich. Ich fühle mich leer. Und hätte jetzt auch gern irgendwas, das mich aus dem Moment holt, einen Bogen spannt, irgendwohin. So was wie ein, äh, Ziel?

Ich hab aber leider keins.

Es gibt einen kleinen Tumult auf dem Dancefloor aka im Wohnzimmer.

Aus dem Augenwinkel sehe ich Lily eine Frau wegschubsen. Sie hat wohl wieder einen ihrer divenhaften Momente, in dem sie findet, dass die Tanzfläche zu klein ist für sie und den Rest der Welt. Bevor es Ärger gibt, gehe ich rüber, zerre Lily auf den Balkon und stecke ihr eine Kippe in den Mund.

Wir rauchen. Lily sagt: *Pogo können sie nicht, diese Mittemäuse.*

Auf dem Balkon liegt ein kaputtes Schlauchboot. Unter dem Balkon streitet sich ein altes Säuferpaar. Im Fenster gegenüber sitzt eine fette Katze.

Ich sage nur: *Hm.*

Im Wohnungsinneren hat schon die Stunde der Sentimentalität geschlagen: Zum Klagegesang von Sinéad O'Connor torkelt ein einzelnes Paar eng umschlungen durch den Raum, während drei, vier einsame Tänzer mit dramatisch hochgereckten Armen hin und her schwanken wie Pappeln im Sturm.

Nothing compares to you.

Ich wünschte, etwas Großes würde sich ereignen.

Es ist vielleicht vier. In der U5 liegen schon so einige Alkleichen, zu Füßen der müden Türkinnen, die sicher zu einem grässlichen Putzjob fahren oder irgenwas vergleichbar Schlimmem. Ich habe Lily bei ihren Theaterjungs zurückgelassen, bewege mich auf eigene Faust durch die Nacht, die bitte noch nicht zu Ende sein darf.

Im Fischkeller ist noch mächtig was los.

Alle sind ungewohnt aufgedonnert: Hausbesetzer in Abendanzügen vom Flohmarkt. Sonst eher abgerissen aussehende Mädchen tragen pastellfarbene Charleston-Kleider, stehen an improvisierten Roulettetischen und spielen um Monopoly-Geld.

Gatsby-Party ist angesagt. Alle laufen so rum heute, bis auf mich und ein paar Punks, die sich niemals verkleiden oder eher: schon verkleidet sind; dauerverkleidet als Manifestation der Achtziger. Dunkel und widerspenstig stehen wir zwischen all dieser Niedlichkeit, in unserer Rolle als Störfaktor vereint.

Ich denke an Robert Redford in seinem gestreiften Badeanzug, der erschossen von der Luftmatratze in den Pool sinkt, in Technicolor.

Es gibt keine größere soziale und ästhetische Kluft als die zwischen Gatsbys Welt und der der schimmligen Ostberliner Partykeller. Da die Schönen und Reichen, dort die Verlausten und Abgebrannten. Trotzdem wird heute Nacht detailverliebt und stimmungsvoll verkehrte Welt simuliert.

Eine kurze Science-Fiction-Vision durchzuckt mich: Gatsby und Konsorten, die sich aus einer Laune heraus als asselige Hausbesetzer der Berliner Neunziger verkleiden. Sie lassen sich schwarze Hosen mit Löchern drin nähen, hängen sich schwere Ledermäntel um und finden es schick, sich, statt sich aus der Champagnerpyramide zu bedienen, mit kleinen Fläschchen Jägermeister zuzuprosten.

Hier im Keller dröhnt aus scheppernden Boxen Elektro-Swing. Alle sind ausgelassen und glühen, begeistert vom Spiel, jemand darzustellen, der man nicht ist, aber unter goldeneren Umständen durchaus hätte sein können. Alle Freaks, die sonst in der Bar ohne Kühlschrank rumstehen, sind da, haben sich in Schale geworfen, torkeln in geliehenen Anzügen durch die Räume und machen einen auf Gangsterfilm.

Der schmächtige Nick, den ein viel zu großes, weißes Dinnerjacket fast gänzlich zum Verschwinden bringt. Zoe, die gelbes Fransenkleid zu blauen Dreads trägt, was erstaunlich gut harmoniert. Sogar Louis hat sich den Regeln unterworfen und stakst in steifgebügelten Hosenbeinen umher, mit behandschuhten Pfoten und Fliege um der Gurgel.

Und dann sehe ich ihn.

Sein Aufzug ist nicht unbedingt originell: ein alter, schwarzer Anzug aus dem Second-Hand-Shop, ein weißes Hemd, ein oller Hut. Er sieht aus wie aus der Zeit, aus einem alten Film gefallen. Wie alle hier. Oder eben nicht wie alle. Eher wie keiner.

Noch nie wollte ich etwas so sehr haben.

Wer viel trinkt, vergisst sein Verhaftetsein in der Gegenwart. Wer noch mehr trinkt, verwischt die Erinnerung an jeden störenden Kontext. Zum Beispiel die Frau, die neben ihm steht. Was soll's, sie wird verschwinden. Ich trink sie einfach weg.

Ich trinke mir alles weg, was mich zurückhalten könnte. Angst, Stolz, Schüchternheit und dieses ominöse, spielverderberische bessere Wissen. Ich merke, wie mit jedem Wodka mehr Bedenken schwinden, und erkenne überrascht, perplex, beglückt: Das, das ist die Freiheit. Endlich.

Endlich ist mir alles scheißegal. Die Frau an seiner Seite, mein eigentlicher Männergeschmack, meine Vergangenheit, Gegenwart und Zukunft. Endlich kann ich hemmungslos und ohne jeden Skrupel das Falsche tun.

Jetzt hat Eric mich entdeckt. Über ihre Schulter hinweg schaut er mich an. Wenn ich die Freundin von einem wäre, der hinter meinem Rücken einer anderen solche Blicke zuwirft, würd ich mich erschießen. Aber sie merkt ja nichts. Kann sich also wohlig einkitschen in ihrer Unwissenheit. Oh selig die, die nicht kapieren, was abgeht.

Ich habe meine hochkomplexe Persönlichkeit in den

letzten zwei Stunden stark vereinfacht: Ich bin nur noch eine Gier, und ich will nur noch ihn. Das fühlt sich gut an.

Was ich will: Ich will diesem schönen Idioten in der anderen Ecke des Raumes zu Willen sein. Ich will nur eins: dass er mich will. Schön, er will mich. Das ist nicht zu übersehen.

Der Idiot, der in der Ecke steht und wild mit den Händen fuchtelt, auf irgendwen einquatscht und mir ab und zu einen Blick zu wirft, als wolle er mich fressen.

Manchmal denke ich, dass er mich hasst. Mich hasst, weil ich da bin. So wie ich ihn hasse, weil er da ist. Wir haben noch nie ein Wort miteinander gesprochen. Wir schauen uns nur gegenseitig beim Flirten mit anderen zu. Ich verachte die Leichtigkeit, mit der er immer alle rumkriegt. Und sie macht mich heiß.

Gregory kommt und belabert mich damit, dass ich unbedingt in einem seiner Filme mitspielen müsse, er stelle sich das so vor: Ich liege in einem Brautkleid aus Spitze und mit von verlaufener Wimperntusche schwarz verschmierten, verheulten Eulen-Augen auf dem Boden eines Kneipenklos und rezitiere die *Törichte Jungfrau* von Rimbaud, fuck it, ich bin aber nicht die Sorte Musenmädchen. Das begreifen die meisten schnell von selbst, aber ab und zu kommt noch einer angeschlappt, dem ich das erst umständlich erklären muss. Dass das Musespielen nicht mein Ding ist. Dass ich lieber völlig zwecklos in der Nacht stehe, ohne jeden künstlerischen Mehrwert.

Ich lasse Gregory mit seiner cineastischen Vision allein und mache einen letzten Gang durch die Party, um den heiligen, bösen Moment der Erkenntnis noch eine Weile zu genießen.

Ich ahne, dass ab jetzt alles schlimmer wird. Und freue mich drauf.

Ich warte, bis diese Frau endlich verschwindet. Und trinke. Und warte. Ich hab Zeit.

Und irgendwann ist es tatsächlich weg, das Ding, das zwischen uns steht. Ist einfach so gegangen, die dumme Kuh. Weil sie vielleicht müde ist. Ha, müde. Selbst schuld.

Und er schaut mich an, ich schaue ihn an, und einer von uns muss jetzt den ersten Schritt tun. Er macht ihn nicht. Also mach ich ihn. Ich breche das alberne Tabu, durchquere die unsichtbare Lichtschranke, gehe einfach so rüber und sage *Hallo*. Und in dem Hallo sind alle versauten Bilder enthalten, die ich in den letzten Wochen in mir von ihm angesammelt habe. Jetzt werden wir ja sehen, ob die Realität der Phantasie das Wasser reichen kann.

—

Ich bin auf gar keinen Fall Sylvia, die ihren Kopf in den Backofen steckt. Ich bin auch nicht Virginia, die mit den Taschen voller Steinen in die Themse geht. Ich bin auch nicht Caroline, die sich wegen einem Kerl ein Messer ins Herz rammt. Danke fürs Angebot: Nein.

—

Grün. Alles ist grün und licht. Ich höre lautes Gezwitscher von mindestens hundert Vögeln, in der Ferne das Geräusch eines Presslufthammers. Ich liege auf dem Rücken unter einem Baum. Neben mir liegt mein Rad.

Baum? Welcher Baum? Wo steht er, der Baum? Und warum bin ich hier?

Ach so. Ich bin heute Morgen hierhergefahren. In den Treptower Park. Und liege hier, ein schwarzes Rieseninsekt, im Gras. Viel ist hier nicht los heute, eine Gruppe Shisha-Türken, eine Familie mit Kleinkindern, eine einsame Leserin. Mit tut alles weh, im Kopf hämmert der Kater, mein Herz rast.

Das war gut gestern. Zu gut.

Ich bin aufgestanden und hab den schlafenden Eric liegen gelassen, wo er lag. Schnell weg, bevor die Nüchternheit jeden Zauber verdirbt. Weg durch das Labyrinth der siffigen Stiegen und kaputten Treppen, runter in den Tag.

Ich liege im Gras, verkatert und erleuchtet.

Heute verstehe ich jeden Junkie. Heute verstehe ich, dass es nichts Besseres gibt, als das, was du am meisten begehrst, auch zu bekommen. Dass du das nicht mehr eintauschen willst gegen so einen Mist wie Würde, Freunde oder Zukunft. Der ganze Plunder, den sie dir anbieten und als erfülltes Leben verkaufen. Noch nie war es mir klarer: Das ist alles, alles, alles nichts für mich. Ich werde alles anders machen. Ich werde ihren Glaubenssätzen keinen Zoll Boden überlassen.

Ich beschwöre die letzte Nacht noch mal in mir herauf. Der kalte Druck seiner Gürtelschnalle, als er sich von hinten an mich presste. Seine Hände an meinem Hals. Seine Finger in mir. Die erregende Bestimmtheit, mit der er mich festhielt, beugte, öffnete.

Ich will mehr. Sofort gerate ich in Panik, dass das das letzte Mal, das einzige Mal war. Dass er aufwacht und Gewissensbisse hat und mich als Fehler sieht, als besoffenen Ausrutscher.

Nein, das kann er nicht so sehen, niemals. Das muss wiederholt werden. Das darf keine einmalige Sache bleiben. Dafür werde ich schon sorgen.

Endlich hat es einer geschafft, mein Hirn lahmzulegen.

—

Lily sagt: *Mein Bafög ist schon wieder alle.*

Ich sage, *Mist, meins auch.*

Lily sagt: *Vielleicht wär es an der Zeit, sich einen Job zu suchen.*

Wir sitzen vor Bolle auf dem Bürgersteig. Vor uns zieht ein Opa seinen mit nichts als Bierflaschen gefüllten Hackenporsche scheppernd über die Pflastersteine.

Drei Tage ist die Nacht mit Eric her. Mein Körper erinnert sich sehr gut daran. Aber ich tu so, als sei nichts weiter vorgefallen, vor mir, vor Lily, vor der Welt. Bin irgendwo gewesen, hab irgendwas mit irgendwem gemacht. Nicht weiter von Belang. Austauschbar, alltäglich, nicht der Rede wert, schon vergessen. In Lilys Augen ist Eric ganz und gar unwürdig. Sie hält ihn für einen Aufschneider und Dummschwätzer, dessen selbstgefälliges Ego auf keinen Fall mit weiblicher Gunst gefüttert werden sollte. Ich kann auf ihre hämischen Vorträge über die Niveaulosigkeit meiner Objektwahl gern verzichten. Deshalb schweige ich, halte mich bedeckt, nähre die Hoffnung auf mehr von ihm heimlich, so heimlich, dass ich selbst davon kaum weiß.

Der Volksbühnen-Guru braucht zwar neue Statisten, aber Lily, die voller Vorfreude, Hoffnung und Zuversicht zum Casting gegangen war, wurde wieder nach Hause geschickt, weil sie leider nicht wie Marx, Hitler oder Lenin aussieht. Nur die Jungs haben wieder Theaterjobs bekommen. Lily hat gezetert: *Was ist mit Rosa Luxemburg, Clara Zetkin, Eva Braun?* Doch die waren nicht gefragt.

Lily hat sich tatsächlich in die neueste Ausgabe der *Zweiten Hand* vertieft, so ernst meint sie es. So ernst, dass sie für uns in Frage kommende Jobangebote mit Kuli eingekringelt:

Griechisches Restaurant sucht Servicekraft. Studentinnen bevorzugt.

Filmproduktion sucht Komparsen für Historienfilm.

Sind Sie weiblich, über achtzehn Jahre alt, rauchen nicht mehr als zehn Zigaretten am Tag, trinken nicht und nehmen keine Drogen? Dann werden Sie doch Probandin in unserer klinischen Rheumastudie. Vergütung: 2000 DM.

Mit einem Schürzchen um die Taille und einem Tablett in der Hand Schnösel bedienen und mir von fetten Küchenchefs den Arsch betatschen lassen? Für ein paar mickrige

Kröten hundert Stunden in Babelsberg abhängen und warten, bis ich endlich die dritte Nazibraut von hinten spielen darf, um dann in der Postproduktion rausgeschnitten zu werden? Die Pharmaindustrie anlügen, um von ihr als Versuchskaninchen missbraucht werden zu können? Nein, danke.

Mensch, aber: zweitausend Mark, sagt Lily und springt vom Bordstein auf.

No way, sage ich und ziehe sie am Arm wieder abwärts.

Mann, was soll da schon groß passieren?, mault Lily noch ein bisschen, bevor sie in ein Schweigen fällt, das sie wohl innerlich dann doch mit Horrorbildern von Verkrüppelungen und psychischen Schäden ausschmückt, denn das Thema ist hiermit gestorben.

Wir könnten uns auch eine brillante Geschäftsidee einfallen lassen, so wie Jan, der Feuerlöscher aus verwaisten Fabriketagen abschraubt und auf dem Flohmarkt verkauft, aber zum Handeltreiben sind wir viel zu schlechte Kapitalisten.

Lily wäre durchaus gewillt, jede erdenkliche Arbeit anzunehmen, bis ihr der große Durchbruch als Bühnendiva gelingt. Jetzt muss sie nur noch entdeckt werden. Doch der Volksbühnen-Guru scheint noch kein Auge auf sie geworfen zu haben, obwohl sie so lange sein nacktes Vorprogramm war. So brütet sie weiter über der Lösung unserer Finanzprobleme. Sie sagt, dass Konstantin sagt, dass es bei der Studentischen Arbeitsvermittlung TUSMA auch weniger blöde Jobs gäbe, wie zum Beispiel Umzugshelfer. Oder Nachhilfelehrer. Da müsste man nur morgens hingehen, eine Nummer ziehen und warten, was für Jobs reinkämen.

Morgens?

Ohne mich.

—

Samstagabend, Hotel Mercure. Ich stehe mit ungefähr zehn anderen Mädchen in einem Seminarraum, der uns als Backstagebereich dient, und höre einem Typen zu, der mit ernster Miene auf uns einredet. Ich trage ein bescheuertes, rotes Käppi und verfluche mich, weil ich mich von Lily zu dieser Aktion überreden ließ.

Hostessen für Charity-Event gesucht. 15 DM pro Stunde.

Jetzt steh ich hier mit diesem Käppi auf dem Kopf, in weißer Bluse, roter Jacke, blauer Jeans und weißen Turnschuhen, als All-American-Girl verkleidet, dem weiblichen Selbstentwurf, der am weitesten von mir weg ist. Der Orga-Män, ganz schmieriger Bückling, gibt uns die letzten Anweisungen. Höflich sein, aber immer in Aktion bleiben, auf gar keinen Fall Alkohol trinken, nicht lange rumstehen, immer schön lächeln, und *quatscht nicht ständig miteinander, das wirkt unprofessionell.*

Dann deutet er auf den Tisch, auf dem die kleinen roten Eimer mit den Losen stehen. Natürlich abgezählt, damit keine was klaut. Wer am meisten Lose verkauft, bekommt als Bonus ein kleines Geschenk, klar doch, sonst brächte ja niemand den nötigen Verkaufselan auf.

Er zeigt uns den in Zellophan gepackten Präsentkorb. Und nun los!

Wir marschieren alle in den Veranstaltungsraum, der bereits mit Sektkübeln, Blumen und wartendem Servicepersonal ausgestattet ist. Auch die Gäste sind schon da: Anzugträger und die dazu passenden, an ihrem Arm hängenden Trophäenfrauen. Das wir ein langer Abend.

Ein Moderator eröffnet die Veranstaltung. Er lobt und preist und beschleimt den Gewinn, als befinde er sich im Stadium höchster Verzückung.

Sehen Sie sich bitte diesen wunderschönen Porsche 964 Speedster in Nachtblau metallic an!

Gleich geht ihm einer ab. Da steht auch schon das gute Stück, aufgebockt und mit Girlanden behangen, Klinsmanns Porsche, der heute verlost werden soll. Für einen guten Zweck, versteht sich. Ein Los kostet fünfzig Mark, *aber bedenken Sie, was Sie damit gewinnen können!* Klinsmann hat den Porsche auf dem hinteren rechten Kotflügel mit flotter Handschrift signiert.

Keine Ahnung, was das hier für Leute sind. Wo wurden sie rekrutiert? Aus welchen noblen Vorstadtvillen wurden sie hierher gelockt, mit Gratissekt, Krabbensalat und der Aussicht, bald mit einer Promikarre durch die Gegend heizen zu dürfen?

Brav teilen wir uns auf, wie man uns angewiesen hat, und versuchen unser Glück.

Wollen Sie vielleicht ein Los kaufen? Der Typ schaut mich an, dann seine Trophäe, die ermutigend lächelt. Er greift beherzt in meinen Eimer, zieht fünf Lose raus, zückt seine Brieftasche und blättert mir die Scheine hin.

Das beginnt ja vielversprechend. Vielleicht werde ich sogar Verkäuferin des Tages und sahne den Präsentkorb ab! Vom Erfolg beflügelt, schwebe ich über den blutroten Teppichboden und pirsche mich an die nächste Gesprächsgruppe an.

Aber weiter läuft es eher schleppend. Ich sage mein Sprüchlein auf, ich lächle, lege, so gut es eben geht, mit maximalem Charme unterfütterte Beharrlichkeit an den Tag, aber entweder war vor mir schon eine da und hat alles abgegrast, oder der Kaufwille der Anzugfuzzis hält sich in Grenzen.

Einen Alten, durch dessen Abwehr ich eine gewisse Schwäche rieche, bearbeite ich so lange, bis er umfällt und in den Eimer greift.

Na, dann gib mir halt ein Los, Mädchen, sagt er so gönnerhaft, als täte er mir damit den größten Gefallen, den jemand wie ich in seinem jungen Leben erwarten darf.

Ich frage eine der Servicemäuse, die sich, das sagen mir die winzigen Löcher in Lippe und Augenbraue, heut Abend auch ganz schön verleugnen muss, nach der Uhrzeit. Erst eine halbe Stunde vergangen. Ich schnorre ihr ein Glas Sekt ab, das ich heimlich hinter einem der Blumenarrangements runterkippe.

Der Moderator schwallt irgendwas ins Mikro, stellt die Stiftung vor, die hilfsbedürftige Kinder unterstützt. Hinter ihm werden Dias von lachenden schwarzen Kindergesichtern an die Wand projiziert, keiner guckt hin. Ich verabrede mich mit Lily auf dem Klo, um eine zu rauchen.

Man könnte fast sagen, dass ihr der Look ganz gut

steht. Mit ihrer schmalen Statur und den unter dem Käppi hervorquellenden Locken sieht sie aus wie der Love Interest von Michael J. Fox in einem Baseball-Film. Ich dagegen sehe, ein Blick in den Spiegel bestätigt es, einfach nur behämmert aus. Nur gut, dass mich keiner aus dem Kiez so sieht.

Nach dem Sekt und der Kippe habe ich frischen Mut gewonnen und schnappe mir das nächste Opfer.

Möchten Sie vielleicht ein Los kaufen? Sie können einen Porsche gewinnen!, säusele ich mit meiner mädchenhaftesten Stimme.

Der Angesprochene guckt mich verächtlich an: *Danke, ich hab schon zwei*, und wendet sich wieder seiner Gesprächspartnerin zu.

Das läuft nicht gut. Ich suche den Blick meiner Verbündeten hinter der Sektbar, rolle die Augen gen Himmel, sie lacht und macht eine Kopf-ab-Geste, winkt mich heran, schiebt mir einen zweiten Sekt zu. Mit leicht einem im Tee läuft alles besser. Ich sehe auch nicht ein, warum ich für diese Schinderei für diesen Hungerlohn auch noch nüchtern bleiben muss.

Wo ist eigentlich Jürgen Klinsmann? Wohl nicht vor Ort. Ich würde ihn eh nicht erkennen, selbst, wenn er genau vor mir stünde.

Es gibt ein Mädchen, das uns alle aussticht. Das wie verrückt flirtet, den Kopf schief legt, die Haare schmeißt, gurrt, die Typen reihenweise um den Finger wickelt und damit angibt, schon vierundfünfzig Lose verkauft zu haben. Also kann ich das Rennen um den Präsentkorb sowieso aufgeben und mich getrost entspannen. Ich stehle mich noch mal weg, rauche noch eine, trink noch einen Sekt. Wenigstens ist es inzwischen einundzwanzig Uhr.

Noch nie in meinem Leben habe ich mich so erniedrigt gefühlt. Vier Stunden. Vier Stunden hab ich mich jetzt verleugnet und verbogen, mich an einen Haufen Knalltüten verkauft, meinen Körper in peinlichem Fummel zur Schau gestellt. Ich fühle mich so beschmutzt, als könne mich auch eine lange, heiße Dusche nie wieder sauber kriegen.

Lily lacht mich aus, sieht es als Spiel, als weitere absurde Situation in einem Leben voller Absurdität. Ich brauche schnell noch einen Sekt. Mist, Orga-Män erwischt mich. *Wenn ich das noch ein Mal sehe, fliegst du raus.*

Jetzt muss ich mich wirklich zusammenreißen, sonst hab ich völlig umsonst gelitten.

Endlich, endlich, endlich, nach ewiger Qual und Ödnis, präsentiert der Moderator den glücklichen Gewinner. Es ist der Typ, der schon zwei Porsches hat. Dieser Verräter hat also doch noch einer ein Los abgekauft, wahrscheinlich dem Fleißbienchen, dieser schamlosen Hure.

Er bekommt unter viel Jubel und Tamtam die Schlüssel überreicht. Danke, Abmoderation und Tschüs.

Hinter den Kulissen werden unsere Eimer in Empfang genommen und inspiziert. Am meisten Lose verkauft hat, welch Überraschung, das Bienchen.

Lächelnd wie eine debile Weinkönigin nimmt sie den *Butter-Lindner*-Korb entgegen. Würste, Käse, Wein, Pasteten. Lily und ich stehen neidzerfressen daneben. Jetzt müssen wir noch einen Wisch unterschreiben und bekommen unsere sechzig Mark hingeblättert.

Draußen sind wir wieder wir. Und hauen zur Feier unserer wiedergewonnenen Freiheit gleich einen Großteil der Kohle für ein Festmahl im *Bella Napoli* auf den Kopf.

—

Ich schlage vor, dass wir das mit dem Arbeiten in Zukunft besser lassen. Eher könnten wir zu Hause nachschauen, ob wir nicht doch noch was zu verscherbeln haben. Wir laufen also aufgekratzt durch unsere Schrottbude und stellen alles auf den Kopf, stürzen Büchertürme um, wühlen in Klamottenbergen und Kisten.

Vielleicht könnte ich mich von ein paar Comics trennen. Aber ich spüre doch zu großen Unwillen, *Stan Caiman*, das sadistische Krokodil mit Vorliebe für dickbusige Arierbräute, oder *Die Leiden der jungen Janice* der Pleite in den Rachen zu werfen. Dann gibt es noch diese *Playboy*-Ausgabe von neunzehnhundertvierundsiebzig, mit dem Fauser-Bukowski-Interview, aber die ist ein Schatz für ganz harte Zeiten.

Mir fällt der alte Verstärker ins Auge, den Konrad hinterlassen hat. Bringt uns sowieso nichts mehr, da die Boxen längst kaputt sind. Musik hören wir auf Lilys kleinem blauem CD-Player, wie die letzten Landeier. Jetzt haben wir eine Aufgabe: Rumfragen, ob jemand einen Verstärker braucht.

—

Ein unscheinbarer Junge in Jeansjacke steht vor der Tür. So ein Freund von einem Freund von Konstantin. Sagt, er heiße Dirk und sei wegen des Verstärkers hier. Ich bitte ihn herein, aber er bleibt wie angewurzelt stehen.

Was ist?, frage ich.

Bevor ich reinkomme, muss ich dir was sagen, sagt Dirk und weicht meinem Blick aus. *Ich bin ein Vergewaltiger.*

Okay, wenn du meinst, sage ich, *willst du dir den Verstärker trotzdem mal anschauen?*

Dirk drückt sich an mir vorbei in die Wohnung.

Hier ist das gute Stück, sage ich und deute auf den ollen Verstärker.

Nehm ich, sagt Dirk, obwohl er kaum hingeschaut hat, und kramt aus seiner Hosentasche die vereinbarten zehn Mark. Langsam werde ich doch neugierig. Ich biete ihm einen der Autositze an und ermutige ihn, seine Geschichte zu erzählen.

Er erzählt, dass seine Freundin neuerdings in dieser feministischen Frauengruppe sei. Dass sie dort viel über Gewalterfahrungen sprächen. Und dass seiner Freundin während dieser Gespräche klargeworden sei, dass der Sex, den sie in der Silvesternacht vor drei Jahren hatten, eigentlich nicht einvernehmlich gewesen sei. Er hat besoffen so lange rumgenörgelt, bis sie sich halt erbarmte, hinlegte und die Beine breit machte. Aber wirklich gewollt, so weiß sie jetzt, hat sie das nicht.

Das, sagten die neuen Feministinnenfreundinnen, sei eindeutig eine Vergewaltigung gewesen. Und haben ihr geraten, sich sofort von ihm zu trennen, was sie auch tat, weshalb seine Freundin jetzt nicht mehr seine Freundin sei. Aber damit sei die Sache noch nicht durch gewesen. Er sei vorgeladen worden, zu einer Art Tribunal, veranstaltet von Aktivistengruppen aus der autonomen Szene. Dort habe er diverse Auflagen bekommen, bei Nichteinhaltung drohe ihm Kiezverbot. Die Hilfssheriffs von Friedrichshain haben ihn unter anderem dazu verdonnert, jede Frau, der er sich nähert, vor ihm zu warnen. Und außerdem sei er in Therapie, zur Hinterfragung seines Männlichkeitsbilds. Und in den Besetzerkneipen dürfe er keine mehr ansprechen, sonst gäb's gleich eins in die Fresse. Jetzt müsse er aber los, und er klemmt sich den Verstärker unter den Arm und geht.

—

Marius hat eine Lesung organisiert, schon seit Tagen verteilt er seine hässlichen Flugblätter. Er hat sogar, ganz erwachsen, einen Veranstaltungsraum aufgetrieben, das Café Rabe, dessen Besitzer er hoch und heilig versicherte, dass sein Weltklasse-Event eine Menge trinkfreudiger Gäste anziehen werde. Ein Event, das er, laut Flugi, allen Ernstes den Schneid hat, als *Symposium* zu bezeichnen. Natürlich wird er aus seinen eigenen Werken lesen, aber auch ein paar seiner Kumpels aus dem FC Bildungskanon werden zu Wort kommen.

Ich kenne diese Sorte Dichter. Typus Bürgersohn, der im Uni-Innenhof hockt und wichtige Werke der Literaturgeschichte bespricht. Redet dermaßen hochtrabend daher, dass es mich nicht wunderte, wenn er ein Medaillon mit einer Locke von Hölderlin um den Hals trüge. Ergießt sich in weltanklagenden Oden, nur weil ihm die Uschi, auf die er scharf ist, die kalte Schulter zeigt. Die

Uschi sitzt wahrscheinlich nachher im Publikum und klatscht eifrig Beifall. Wenn sie gewusst hätte, dass ihr verschmähter Verehrer ein solcher Hecht der Formulierkunst ist, hätte sie ihre milchweißen Schenkel nicht so arrogant zusammengekniffen. Nein, au contraire! Sie hätte sie weit geöffnet, auf dass der begnadete Dichterling sich in sie ergieße, verbal und nonverbal. Aber nun ist es zu spät. Der Anwärter auf die Thomas-Mann-Medaille hat sich bereits neue Jagdgründe erschrieben. Mit vernichtendem Seitenblick auf die ehemals Begehrte steckt er der Neutrophäe seine Zunge in den Hals. Sieh her, du Ex-Objekt meiner schlaflosen Nächte, du Anlass vieler vollgewichster Taschentücher, du Nährboden für Selbsthass und Komplexe. Ich habe dich missbraucht, dich als Muse benutzt, um mein geniales Werk aus der Taufe zu heben, dessen wahre Bestimmung sich nun vollendet: Ein wahrhaft würdiges Weibchen anzulocken, mit dem ich mich, nachdem ich mich noch ein bisschen schriftstellermäßig in der Großstadt ausgetobt habe, in ein hübsches, von Papi finanziertes Häuschen zurückziehen kann, irgendwo, wo es überschaubarer ist, und auch, seien wir ehrlich, besser für die Kinder. Berlin, tolle Stadt, nichts gegen Berlin, in Berlin, da hab ich meine interessantesten Jahre verbracht, Mann, Berlin, das war schon was, aber puh, der Verkehr, die Araber, die Junkies. Seit ich Gymnasiallehrer bin und Schatzi Kindergärtnerin, haben wir einfach andere Bedürfnisse. Manchmal, wenn anlässlich eines Pärchenabends hemmungslos gebechert wurde, *drei Flaschen Chablis zu viert, hoho, wie krass sind wir denn*, wird nach einer alten Kladde gekramt, wartet mal, Markus-und-Martina, ich hab ja früher Gedichte, ja ja, diese

Seite von mir kanntet ihr noch gar nicht, da staunt ihr, sogar Lesungen hab ich organisiert, damals, als Student, da haben ich und Schatzi uns auch kennengelernt, und die waren gar nicht so übel, diese Gedichte, gell, Schatzi, wart mal, ich find sie gleich –

Müssen wir da jetzt echt rein?, fragt Lily übertrieben schlecht gelaunt.

Ich finde ja, da wir den weiten Weg bis nach Mitte gekommen sind, müssen wir uns das jetzt auch geben. Wir setzen uns mit unseren Mänteln, die bei diesen Temperaturen exzentrisch wirken müssen, in die letzte Reihe, Lily in ihrem dicken grünen Ledermantel aus dem *Colours*, ich in dem schwarzen Perser, den ich letzten Winter in einer Kiste auf der Straße fand. Wir schaffen es gerade bis zur Hälfte der dritten Darbietung, bevor wir uns so gefoltert fühlen, dass wir den Raum verlassen müssen. Das Prosagedicht eines Jungen in rot-weißem Karohemd hat uns den Rest gegeben. Es kam tatsächlich das Wort *Anemone* drin vor. Und ich glaubte, durch den Nebel meiner aufsteigenden Verachtung auch *Inbesitznahme*, *Venusberg* und *Schoß* zu vernehmen, aber ich kann mich auch getäuscht haben.

Die haben ja den Arsch offen, schreit Lily auf der Straße, *ich brauch ganz schnell drei Wodka.*

Wir fahren zurück zur *Bar*, wo wir uns rasch besaufen.

Das Problem mit diesen Joghurtfressen ist, dass sie vom Leben einfach nicht genug aufs Maul gekriegt haben, um selbiges so weit aufzureißen, lautet Lilys messerscharfe Literaturkritik.

Gegen zwei will Lily nach Hause, aber alles in mir sträubt sich. Und ich ahne, warum. Es wird Zeit für das Geständnis.

Lily guckt erwartbar entsetzt. *Nee, nicht der, oder?*

Doch. Genau der.

Lily weigert sich, mein neues Hobby zu unterstützen, und lässt mich sitzen. Ich warte und trinke, trinke und warte, führe ein paar verworrene, aufgekratzte Gespräche mit diesem und jenem, die Bar leert sich. Nur noch die letzten Hyänen sitzen am Tresen und lauern auf die Gunst der Stunde, darauf, dass ihnen das eine oder andere angeschlagene Reh vom Barhocker direkt in den Schlund fällt. Ich trinke und warte weiter, bis Eric endlich kommt. Er sieht mich und sieht durch mich hindurch, stellt sich demonstrativ ans andere Ende der Bar, um irgendwen zuzulabern. Ich bin wütend und geil und tu noch eine Weile gelangweilt, dann wende ich mich zum Gehen, aber kurz bevor ich aus der Tür bin, guckt Eric zu mir her und fragt, *wie geht's*, und ich sage, *bestens, danke*, und der Klang seiner Stimme macht mich willenlos, öffnet alle Möglichkeitspforten.

Und dann stehen wir da und trinken und reden, reden über alles, führen eines dieser seltenen, freien Gespräche, was nur deshalb geht, weil wir uns keine Lügen schuldig sind, Lügen der Sorte, die man erzählen muss, um anderer Leute Gefühle nicht zu verletzen. Wir müssen nichts verschweigen oder beschönigen oder unsere dunkle Seite verbergen, wir können alles zugeben, alles gestehen. Er, dass er den Sex mit seiner Freundin öde findet, weil sie wie ein Brett unter ihm liegt, und ich, dass ich manchmal an den Feind, die Bullenschweine denke, während ich's mir selbst mache, oder die russische Armee oder sonstige Typen in Uniformen, was Eric nicht im Geringsten abwegig findet. Wenn ich sage, dass ich ihn ein bisschen hasse, versteht er das; wofür ich ihn wieder ein bisschen liebe. Wir müssen nicht einen auf kontrolliert machen und maßvoll und nüchtern, müssen nicht so tun, als seien wir Leute, die vernünftig mit Alkohol umgehen oder überhaupt irgendwas Vernünftiges im Sinn haben. Wir müssen uns nicht vorspielen, wir hätten irgendwelche hehren Absichten, als hätten wir anderes als versautes Zeug miteinander vor. Wir müssen nicht so tun, als seien wir lieb, treu und menschenfreundlich. Wir sind zwei Egoisten und nehmen uns alles, was uns vor die Nase fällt. Wir können voreinander zugeben, was wir sind, gierig und scheiße und absolut triebgesteuert. Im Grunde sind wir schon ein kleiner Club, ein Club, dessen Mitgliedschaft ich niemals kündigen will.

Und als er dann sagt, *lass uns gehen*, danke ich dem Universum, dass ich das erleben darf.

—

Ich bin wieder sehr zufrieden mit dem, zu dem ich ihn verführt habe. Zu was ich ihn gebracht habe, mit mir zu tun. Ich bin ein Genie der Bedürfnisbefriedigung.

Entgegen der landläufigen Meinung passen Saufen und Sex sehr gut zusammen. Der Wodka stopft dem nervigen Über-Ich das Maul, und in der Stille, die dann eintritt, verschafft sich endlich diejenige Stimme Gehör, die einen an die wirklich guten Orte führt.

—

Kinski never played in Pasolini films, sagt Gregory, *what a shame.*

—

Du kannst den Regler deiner Anlage nicht gleichzeitig auf maximal LAUT und maximal LEISE stellen. Du musst dich entscheiden: laut, leise oder mittel.

Jeder landet irgendwann an der Weggabelung, die eine Entscheidung fordert, die Entscheidung, entweder zum vollwertigen Mitglied der Gesellschaft zu werden, oder in radikaler Totalverweigerung in der Subkultur zu versumpfen. Entscheidest du dich für die Gesellschaft, musst du wissen, auf was du dich einlässt. *Choose life. Choose a job. Choose a career. Choose a family. Choose a fucking big television.* Sag ja zu Arbeit und Tat und Anpassung und Fortpflanzung und Bildung und Status und Ansehen und Nettsein und all den kleinen, weißen Lügen.

Du wirst schon sehen, was du davon hast, wenn du den Regler deines inneren Mischpults weg von FREIHEIT Richtung SICHERHEIT schiebst.

—

Wir gehen schweigend die Goltzstraße hoch. Fabian verschwindet in der Bar, in die ich nicht reindarf. Ich warte vor der Tür wie ein Hund. Der Zutritt zum maskulinen Ekstaseparadies wird mir verweigert, *das musst du verstehen, das ist so schwul da, da gibt's nicht mal ein Frauenklo.* Und wenn schon, ich steh gern auf dem Gehsteig rum und beobachte die Passanten. Fabian dreht drinnen eine Runde, um zu gucken, ob *was Fickbares* drin ist. Meistens ist nichts Fickbares drin, und er kommt nach zwei Minuten wieder raus. Dieses Mal geht's etwas länger. Als er schließlich aus der Bar kommt, wedelt er mit den Worten *schau, was ich uns besorgt habe,* aufgekratzt mit einem Tütchen voll Pillen.

Larissa, du machst da was falsch, sagt Fabian, als wir vor diesem Club stehen.

Was mach ich denn schon wieder falsch?

Diese Ein-Mann-Strategie.

Das ist keine Strategie! Das ist nichts, was ich freiwillig mache. Das hat sie so entschieden.

Wer ist sie? Deine Muschi?

Nein, Mann, meine Libido!

Dann müssen wir das dringend mal aufklären, das Ding! Das weiß ja nicht, was es tut!

Vor ein paar Wochen, als alles anfing, dachte ich noch, ich könne die Sache souverän handhaben, Eric genießen und dabei auf andere nicht verzichten müssen. Er hat schließlich auch noch eine andere. Plus der ganzen Weiber, die er ab und zu abschleppt, nur für eine Nacht, wie er mir freimütig erzählte. Ich will das auch so, genau so haben. Aber mein Körper macht nicht mit. Noch nie gab es eine so große Kluft zwischen dem, was ich will, und dem, was mein Körper will: Ich will viele, mein Körper nur den einen. Ich will lässig sein und cool, aber mein Körper fängt an zu zittern, sobald er Eric sieht. Scheiß Libido-Bindung an ein Objekt. Warum geht es nur mir so? Warum geht es ihm nicht so? Oder Fabi? Ist das die berühmte, von der Gesellschaft aufgenötigte, weibliche Zwangsmonogamie, von der Jan so gern spricht? Aber was, bitte, hat die Gesellschaft davon, wenn sich meine Muschi nach einem Idioten sehnt? Und Lou Andreas-Salomé, diese dämliche Kuh, schreibt auch noch, dass männliche Promiskuität normal sei, weibliche aber pathologisch. Ausgerechnet Lou! Von der hätt ich wirklich mehr erwartet. Falsch, Lou, falsch. Das Einzige, was hier pathologisch ist, ist die wahnhafte Fixierung auf einen Mann. Das kann nicht gesund sein! Bin ich nicht vor nicht allzu langer Zeit voll Neugier in jede neue Nacht aufgebrochen? Man sehe mich jetzt. Mein Begehren, angepflockt wie ein Maultier, kommt nicht weit. Dreht seine überschaubaren Runden. Ich will meine Durchlässigkeit und Verführbarkeit und Offenheit zurück! Ich will meine Freiheit zurück! Ich hab mich geirrt: Eric macht mich nicht frei, im Gegenteil.

Ich will auch mal eine Nacht nicht an ihn denken müssen, so wie er viele Nächte nicht an mich denkt. Ich will irgendwo mit anderen sein und Spaß haben und Neues erleben. Was für faszinierende, kluge, lustige, verrückte Männer mir da draußen entgehen! Was für Welten ich verpasse!

Also ist Fabis Manöver vielleicht genau das richtige. Am Eingang tun wir so, als seien wir ein Paar, dann müssen wir weniger zahlen. Ich hab mir immerhin Mühe gegeben und mich in einen kleinen schwarzen Samtfummel geschmissen, der mich eindeutig als Amateur ausweist, aber den Dresscode gerade noch knapp erfüllt. Fabi zieht einfach sein T-Shirt aus und ist für den Anlass perfekt gekleidet, na toll.

Drinnen riecht es ziemlich abturnend nach Plastik. Es sieht aus, als wolle die Laienspieltruppe Königs Wusterhausen ein Hieronymus-Bosch-Gemälde nachstellen. Menschen, die sich redlich bemüht haben, das Erregendste aus sich rauszuholen, zeigen sich in ihrer ganzen Pracht, wollen schmutzige Phantasien wecken, unstillbare, perverse Gier entfachen. Das klappt bei manchen mehr, bei manchen weniger. Es wurde sich in alles gequetscht, was der Beate-Uhse-Versandkatalog so hergibt. Fabians bunter Gockelschweif wirkt in diesem lack- und lederlastigen Ambiente wie ein nachträglich koloriertes Detail auf einem Schwarz-Weiß-Foto.

Fabian flattert ab, ich klemme mich an die Bar, sondiere die Lage, lasse den Blick schweifen, der an nichts Verheißungsvollem hängenbleibt. Manche wirken nüchtern, gefasst und bei sich, andere rauschhaft entgleist, nicht immer zu ihrem ästhetischen Vorteil. In der Nähe steht ein Mann Marke VWL-Schnösel, der einen Gummianzug trägt, und fixiert mich. Das soll wohl dominant wirken, dämonisch und versaut, in diesem Anzug kann er aber machen, was er will, er wird von mir sexuell nicht ernst genommen.

Nein danke, ich bin total verklemmt, sage ich zum Gummimann und wende mich wieder meinem Gin Tonic zu.

Doch für Gummimann ist die Sache noch nicht durch. Er lehnt sich übertrieben betont unterspannt an den Tresen und zeigt mir sein Profil. Mir fällt eine Geschichte ein, die ich mal gelesen habe, eine Geschichte, die verrucht sein wollte, aber nur peinlich wirkte, was vielleicht daran lag, dass die männliche Hauptfigur *Marquis D'Agonie* hieß und Sachen sagte wie: *Du, Sklavin, hast kein Recht darauf, deinem Herrn vorzuschreiben, wo er welche Klammer anzulegen hat, kapiert?*

Sich mir aufdrängende Visionen vom Marquis, wie er sein Einkaufswägelchen durch den Baumarkt schiebt, machten meiner Lust dann vollends den Garaus.

Vielleicht hat Gummimann ja einen ähnlichen Nom de Guerre? Ich denke mir still allerhand Namen für ihn aus und unterdrücke höflich den in mir anschwellenden Lachkrampf.

Er betrachtet eine Weile eine auf dem Boden liegende Frau, die sich von drei Typen fingern lässt, während vier weitere um sie herumstehen und wichsen, dann dreht er sich zu mir und fragt: *Na, neidisch?*

Darauf hab nun selbst ich keine versöhnliche Antwort mehr. Ich könnte mich ihm erklären, ihm sagen, wie albern ich ihn finde in seinem Gummi, wie albern ich die Frau und die Typen finde, dass mich das alles in etwa so anmacht wie eine Faschingsparty im Kindergarten, dass mich das auch traurig macht und mutlos, da ich mit hohen Erwartungen hierherkam, dass dieser Abend ein Wendepunkt sein sollte, ein Durchbruch, eine Erleuchtung, dass da aber leider nichts in mir leuchtet und ich deshalb sehr enttäuscht bin, von mir, von ihm, von diesem Club, aber ich schweige lieber, bevor ich mir ein tiefsinniges Gespräch über meine verkorkste Libido einhandle.

Also: Nein, sage ich zu Fabian, der nach einem wohl nur mäßig erfolgreichen Fischzug durch die angrenzenden Räumlichkeiten zu mir zurückgekehrt ist. *Gefällt's dir nicht? Das kommt davon, dass ihr Quarktaschen Sex und Liebe nicht auseinanderhalten könnt.*

Ich schnaube und schweige. *Du blöde Tunte. Wenn du wüsstest, was ich alles auseinanderhalten kann. Ich kenne nicht nur den banalen Unterschied zwischen Liebe und Sex, sondern auch den zwischen Verliebtheit und Freundschaft, Zärtlichkeit und Trieb. Ich kenne die Hingezogenheit zu einer Person, die so fundamental ist, dass sie nahezu religiöse Dimensionen annimmt, bei gleichzeitigem kompletten erotischen Desinteresse. Ich kenne die hirnzersetzende Gier, die warme Vertrautheit und die platonische Anbetung. Ich kenne die grobe und die feine Sinnlichkeit. Ich kenne das Begehren aus Bewunderung und das Begehren aus Feindschaft und das Begehren aus Neugier. Ich kenne noch mehr, viel, viel mehr, viel mehr, als du kennst, du beklagenswertes, schwanzzentriertes Wesen, und dass dieser Karneval der Gummipuppen mich nicht von meiner Zwangsmonogamie heilen kann, wird deshalb kaum an mir liegen –*

– sage ich nicht, sondern denke ich in meinen Gin Tonic. Fabian ist längst wieder abgeschwirrt. Ich betrachte mit anschwellender Zärtlichkeit eine wulstige Frau, die an einem Holzkreuz hängt und sich von einem kleinen Glatzkopf die Brustwarzen ansengen lässt. Das ist vielleicht der Höhepunkt ihrer Woche. Sie sitzt jeden Tag in einem stickigen Büro, und der Einzige, dessen Aufmerksamkeit sie sich sicher sein kann, ist ihr Ficus benjamini. Aber einmal in der Woche darf sie hier als Sklavin glänzen, und das ist es, was sie am Leben hält; ohne die Aussicht auf diesen Moment hätte sie längst aufgegeben. Und siehe den dürren alten Mann dort in der Ecke, der heftig sein lächerliches Glied bearbeitet mit seiner kleinen, käseweißen Faust. Er saugt sich mit Bildern voll, die er hier vorfindet, hütet und bewahrt sie, für spätere, einsame Stunden. Er hat in der Vergangenheit vielleicht schlechte Erfahrungen gemacht. Einst war er reich und Romantiker, dann wurde er ausgenommen, von herzlosen Schlampen, die nur sein Geld, nicht aber seinen Körper wollten, geschweige denn seine reine Seele. Jetzt ist er einsam und pleite und misstrauisch, und das hier ist der einzige Spaß, den er sich noch leisten kann. Und siehe den narbengesichtigen Jungen im Kettenhemd, der dahinten auf der Tanzfläche ausrastet, seine Gliedmaßen umherschleudert wie eine selbstvergessene Windmühle und jeden Arsch, jede Brust und jeden Schwanz betatscht, die ihm begegnen. Die ganze Woche Müllabfuhr in orangenen Leuchtklamotten, mit Kollegen, die nach Schweiß und Zwiebeln riechen, zu Hause ein plärrendes Kind und eine verklemmte Frau, doch er schafft es, sich eine Nacht im Monat frei zu machen, um hier zu sein. Eine Nacht, das macht, auf so ein Leben hochgerechnet, so ein sexuell aktives Leben hochgerechnet, sagen wir, sagen wir mal, Mist, das kann ich jetzt nicht ausrechnen, also, in diesen wenigen Nächten lässt er sich gehen, wird eins mit seinen Wünschen, zerfließt, und die ganzen, endlosen Restnächte spurt er, liegt er ungestreichelt in einem kalten Ehebett oder rennt im Flur auf und ab mit einem schreienden Bündel im Arm. Und in dieser einen, kostbaren Nacht, an diesem einen, für ihn geschaffenen Ort, kommt dann so eine wie ich und lacht ihn aus, hat nichts Besseres zu tun, als sich über ihn lustig zu machen. Wie kalt, wie niederträchtig, wie klein! Ich sollte mich schämen, und ja, ich schäme mich auch und bitte ihn telepathisch um Verzeihung, und er nimmt meine Verzeihung telepathisch an, und ich spüre den hell leuchtenden Bogen des gegenseitigen Verstehens, und jetzt will ich ihn am liebsten umarmen, aber dafür müsste ich mich von der Stelle bewegen, und das Stehen hier, genau hier, fühlt sich so gut an, so richtig, dass ich am So-Sein, am Ist-Zustand nichts ändern mag. Ich stehe hier, und das ist gut. Das ist das Beste, was aus diesem Moment zu machen ist. Ich spüre das Band der Liebe zwischen meinen Brüdern und Schwestern, denn alle, alle kamen sie, um aus ihrem glanzlosen Dasein ein wenig Funken zu schlagen, um sie selbst sein zu dürfen, auch wenn dieses Selbst den anderen Selbsten in ihrem Selbstsein gleicht, denn, so wird mir plötzlich klar, wir sind alle gleich. Ja, wie sehr wir uns ähneln in unseren Wünschen, auch wenn sie, ausgelebt, manchmal unappetitlich aussehen, wie die Wünsche des Mannes im rosa Höschen, der dahinten seinen Schwanz an einem Pfosten schabt. Aber was kann er dafür, dass seine physische Form kein Entzücken zu erwecken vermag? Und wer bin ich, die Körper meiner Mitmenschen wegen ihrer Mängel zu verachten? Wie schön bin ich denn? Na gut, das kommt darauf an, neben wen man mich stellt, und außerdem ist schön eine normative Kategorie, und je länger ich den Mann im rosa Höschen und den dürren Alten und den blassen Jungen und die dicke Sklavin und den Gummimann und alle, alle anderen ansehe, desto schöner werden sie, in ihrer Menschlichkeit, in ihrer Lust, denn alle sind gekommen, um über sich selbst hinauszuwachsen und ineinander aufzugehen. Und deshalb bin ich hier, deshalb, wird mir klar, hat mich mein Schicksal genau jetzt genau hierher geführt, nicht, um jemanden abzuschleppen, sondern um zu erkennen, um zu begreifen, um mich aufzulösen in der Gemeinschaft und dem Universum und dem großen Anderen. Die Erkenntnis macht mich weich und licht, vielleicht ist es aber auch die E, die endlich wirkt. Egal, auf welchem Weg und mit welchen Mitteln man zur Erkenntnis gelangt, wichtig ist, dass man es fühlt.

Keine Ahnung, wie lange wir hier schon drin sind. Fabi rauscht vorbei und greift nach mir, *komm, wir verlängern den Trip*, und zerrt mich aufs Klo. Er hat sich mit einem Highballglas ausgerüstet, das er mir jetzt unter die Nase hält. *Piss da rein und trink es, dann hält's länger.*

Ich verziehe mich mit dem Glas in die Kabine und knalle die Tür zu, weil mir, sehr zu Fabis Amüsement, kein Strahl kommt, wenn jemand zuschaut.

Ich finde alles wunderbar, nie soll es zu Ende gehn.

Toll, das machen wir jetzt immer so weiter, dann müssen wir nie wieder eine einzige Pille kaufen, sage ich selig.

Ganz so easy ist es dann doch nicht, irgendwann lässt die Wirkung schon nach, meint Fabi und tanzt davon.

Ich stehe noch ein bisschen glücklich im Klo und lächle mein Spiegelbild an und bewundere meine großen Augen und edlen Gesichtszüge, bevor ein Mädchen kommt und mich freundlich bittet, den Platz frei zu machen. Ich gehe zurück zu den Erleuchteten und Gelösten und erfreue mich weiter am großen Einssein, bin liebend und selig und schwinge mich gar zu einer solchen Höhe auf, dass ich beginne zu tanzen.

Am frühen Nachmittag düngen wir auf Fabians Sofa unsere Restverdrogung mit einer Flasche Sekt. Simon, der seit seiner Diagnose nur noch selten ausgeht, läuft scheinbeschäftigt vor uns hin und her, sammelt Socken, Hosen und T-Shirts vom Boden auf und verstaut sie in Schubladen, die er extra polternd zuschiebt. Schaue ich mir Simon und seine Laune so an, scheint er mir nicht zu den Leuten zu gehören, die Sex und Liebe trennen können. Er muss aber so tun als ob, denn das wird von ihm erwartet. Zu Fabis Streifzügen durch die Bars sagt er nichts, aber man braucht ihm nur ins Gesicht zu gucken und weiß, dass er lieber einen Freund hätte, der treu mit ihm auf dem Sofa sitzt und fernsieht. Er muss aber den schwulen Lifestyle mitmachen, sonst droht Gesichtsverlust. Die Liebe ist ein Spiel, das der, der zuerst heult, verliert, und Simon hat bereits genug verloren.

—

Ich sitze in der Bar ohne Kühlschrank. Es hat bereits die Stunde des Dazwischen geschlagen, durch die Scheibe dringt dieses verwaschene Licht, das keinem sagt, ob Tag, ob Nacht. Nick hinter seiner Bar hat schon schwer Schlagseite und blickt mit hellen, glasigen Augen in ein

Nirgendwo. Ich möchte plötzlich wissen, wie er in meiner Schlangenjacke aussieht. Er zieht sie an. Jetzt ist sie für immer für mich verdorben. Sie sieht an ihm tausendmal besser aus. Er sieht aus wie ein Glam-Rocker aus den Siebzigern. Ich schenke sie ihm.

Am anderen Ende des Tresens hat sich eine Gestalt niedergelassen. Sie trinkt Gin Tonic um Gin Tonic, raucht Kippe um Kippe. Die Kippen fummelt sie, ganz Fin de Siècle, aus einem silbernen Zigarettenetui. Bröcklige Wimperntusche klebt auf ihren Wangen. Sie hat diese mondän-verwitterte Visage, die man aus alten Filmen kennt, die man nie gesehen hat. Sie ist ziemlich alt, mindestens Mitte dreißig. Sie starrt mit wässrigem Blick in die Runde. Sie wartet. Ich weiß, worauf. Ihr dunkles Haar ist zwanziger-Jahre-haft kurz geschnitten, und ich erkenne in meiner Säuferklarheit nun auch, wer sie ist. Sie ist das Gespenst meiner schlimmstmöglichen Zukunft. Der Zukunft, die mich erwartet, wenn ich den Absprung nicht schaffe. Dann werde ich zu einem dauergeilen alten Weib, das verdorrt am Tresen einer Besetzerkneipe hängt, lauwarmen Gin Tonic trinkt und auf Erlösung, also Sex mit Eric, wartet. Dieses Gespenst wurde speziell für mich geschickt. Sie haben es nach meinem Bilde geformt, sodass die Botschaft auch sicher bei mir ankommt. Vielleicht kann ich durch es hindurch greifen, aber ein letzter Rest Vernunft lässt mich das besser nicht versuchen.

Stattdessen springe ich vom Barhocker und renne hinaus in den Tag, renne die Straße entlang, renne die erste Querstraße hoch, renne die nächste Straße entlang, renne die vier Stockwerke hoch, fetze ein Stück Pappe aus einem Pizzakarton, schnappe einen Stift, schreibe in dicken Buchstaben *Neues Leben bitte jetzt Ausrufezeichen Ausrufezeichen* darauf, stelle die Pappe so auf, dass ich sie vom Bett aus sehen kann, verkrieche mich unter der Decke und schlafe.

Ich schlafe einen langen, tiefen Verwandlungsschlaf.

—

Dreißig Stunden später stehe ich gewappnet und gewaschen in der Eingangshalle des Bildungsbunkers, bereit, mir noch eine Chance zu geben. Von der eigenen Tatkraft berauscht betrete ich Seminarraum 26b und lasse mich auf der hintersten Bank nieder. Aus dem Augenwinkel beobachte ich die Studenten und ahme ihre Gesten nach. *Mimikry ist der Anfang jedes gelungenen Resozialisierungsprozesses*, schreibe ich auf den Deckel meines Ringbuchs. Ich bin bereit. Kurz ist mir wieder schummrig, ich spüre den Drang, aufzuspringen und wegzurennen, denke aber mit aller Kraft an das Gespenst. Das hilft. *Das Krönungsritual bei Ludwig dem Frommen*, auch gut, warum nicht?

Ich versuche, mich zu konzentrieren.

Morgens ein Kännchen Tee und ein Müsli und dann ab in einen Tag voller guter, gesunder Taten. Und die Bude, die könnte ich auch mal putzen, den Schimmel aus den Töpfen kratzen, dem Drosophilaschwarm die Tür weisen und einen ordentlichen Finanzplan erstellen, damit Schluss ist mit der ewigen Schnorrerei, und ständig diese Irren, Druffis und Alkis um mich her, das muss ja auch nicht sein, ich könnt mir durchaus mal neuen Umgang suchen, jawohl, all das ist machbar, denn man sehe sich all diese Existenzen an, die hier ruhig und aufnahmewillig vor mir sitzen, die scheinen das alles mühelos hinzukriegen. Das kann ich auch. Ich muss mich nur ein wenig zusammenreißen, sollte vielleicht mal damit anfangen, dem netten Mann im braunen Tweedjackett da vorne zuzuhören. Ich richte mich kerzengerade auf, bin hoch motiviert, aber mir wird auch ein bisschen komisch, vielleicht sollte ich kurz mal an die Luft, nur ganz kurz, man muss ja nicht gleich übertreiben.

Ich springe auf und verlasse Seminarraum 26b. Draußen atme ich, rauche ich, beruhige mich.

Vielleicht sollte ich es langsamer angehen, meinen Körper erst an die Umgebung gewöhnen, die er immer wieder abzustoßen scheint. Ich gehe in den Innenhof, lege mich auf den Rasen und klappe mein Buch auf. Na bitte. Ich bin in der Uni. Der erste Schritt ist vollbracht.

—

So einen Abend, den kann man auch mit drei Weißweinschorlen bestreiten. Kluge Gespräche führen, über den Strukturalismus, die Dialektik der Aufklärung und die Mensapreise. Ich hab sogar eine richtige Verabredung. Mit einem frischen Verehrer, der tagsüber Dinge tut; studieren und so. Eine richtige Verabredung, mit Kino, berichtet mein neues Ich stolz, aber Chrissy und Zoe sind nicht überzeugt.

Das hältst du doch höchstens drei Tage durch.

Mirko lernte ich dort kennen, wo Menschen sich kennenlernen sollten, die eine intellektuell anregende Partnerschaft auf Augenhöhe aufbauen wollen, im Uni-Innenhof. Ich lag so auf der Wiese und las, und ein paar Meter weiter saßen drei Jungs im Schneidersitz über Papiere gebeugt, eine emsige Lerngruppe. Und einer, einer von ihnen sah unglaublich süß aus und lächelte mich über die Wiese hinweg an, ich lächelte zurück, und irgendwann löste sich der Gutaussehende von der Gruppe und kam rüber, und dieser natürliche Mut gefiel mir, und als er auf den Fauser deutete und fragte, *Lohnt sich?*, da gab ich ihm nicht die schnippische Antwort, die diese Frage aus dem oberen Segment der Horrorfragen eigentlich verdient hätte, sondern begann, ihm vom Fauser zu erzählen. Und er sah mich an aus seinen wachen Augen und sagte:

Interessant, musst du mir unbedingt mal leihen.

Und wir kamen ins Plaudern und mir wurde immer wohler und wohler mit ihm. Ein Marienkäfer ließ sich auf seinem hellbraunen Unterarm nieder, und ich dachte, warum nicht? Warum nicht mal Zeit mit den Sonnigen verbringen?

Mirko studiert Jura, ist aber links. Mit seinen breiten Schultern, seinen hellen Augen und seiner Blondheit sieht er aus wie der feuchte Traum eines Ariosophen, versucht aber, mit allen Mitteln dagegen anzuarbeiten. Sein langes Haar trägt er zum Zopf gebunden; seinen T-Shirts schneidet er die Ärmel ab. Seine Handgelenke sind mit Lederbändern umwickelt, seine Jeans haben Löcher. Er ist für einen Studenten ziemlich gut gebaut und so schön, wie es sonst vielleicht nur Jungs sind, die man in fernen

Ländern zufällig am Meer findet. Mirko lebt sehr gesund, Mirko treibt sogar Sport. Rennt drei Mal pro Woche durch den Treptower Park. Keiner, den ich kenne, macht so was, und wenn, dann nur heimlich.

—

Chrissy und Zoe trauen mir die neue Leichtigkeit nicht zu. Wir sitzen in der Bar ohne Kühlschrank und erstatten Bericht, was am Wochenende so los war. Also, das war bei mir los, Mirko.

Und hier so?

Na ja. Nick hat Greg in die Wange gebissen, Chrissy hat 'nen Tisch zertrümmert, und die Bullen waren wieder mal da. Ansonsten – alles ruhig.

Ich spüre kurz ein bisschen Wehmut, glaube, ich hätte einen denkwürdigen Abend verpasst, erinnere mich dann aber, dass das mit Mirko auch nicht so schlecht ist.

Wir lagen noch lange im Unihof, und dann gingen wir was essen und waren noch auf einer Party mit einer Menge Studenten, echter Studenten, die ernsthaft und echt studieren, einer wahren Weißweinschorle-Party eben, und ich warf mich fröhlich dem Neuen in die Arme und trank meine Schorle und sprach über Foucault und fühlte mich ganz und gar ausgeglichen und vernünftig und von allen Dämonen befreit.

Und Mirko nervte keine Sekunde. Er war nichts als angenehm und spaßig und lustig und zuvorkommend, fast wie ein Mann, den es eigentlich gar nicht gibt. Ich hab mich zu gebührender Uhrzeit sittsam von ihm verabschiedet; man muss ja nichts überstürzen, sagt mein neues Ich. Zum Abschied umarmte er mich lange, aber mehr so wie ein Bruder.

So war das.

Kein schlechter Abend, aber jetzt muss ich mich erst mal von dieser Monsterdosis Normalität erholen. Dabei kann ich auch ein bisschen halbherzig auf Eric warten, für ein eventuelles letztes Mal. Was er tagsüber so macht? Ich hab ihn nie gefragt. Woher er kommt, wohin er will: nicht wichtig. An welcher biographischen Kreuzung er die beiden anderen Figuren aufgegabelt hat, ob bereits in der Schule, beim Militär oder erst bei den Asis in Berlin, was macht das aus? Ob er Paris oder Bordeaux oder Nancy oder dem hinterletzten Froschfresserkaff entsprungen ist, interessiert mich an ihm ungefähr null. Ich weiß genug über ihn. Ich weiß, wie er lacht. Ich weiß, wie er fickt. Ich weiß, wie heiß er gucken, wie hart er zugreifen, wie wild er küssen kann. Genug Talente für meinen Bedarf.

Heute steht Louis hinterm Tresen. Das bedeutet Countrymusik bis zum Erbrechen. Wage ja nicht, seine Musikauswahl zu kritisieren. Dann fängt er an zu schreien und droht dir mit Rausschmiss.

Es ist ruhig, die Bar ist leer, bis auf ein paar Komparsen, die immer in dem Moment, in dem Eric zur Tür reinkommt und mir die Beine wegsacken, ich aber so tu, als sei er mir egal, obwohl jeder weiß, dass ich ihm komplett verfallen bin, anfangen zu grinsen und zu tuscheln. Na und, die sind sowieso nur von Neid zerfressen, weil sie nicht gemeint sind. Weil sich das Verlangen nicht auf sie, sondern einen anderen richtet. Weil sie keiner je so gewollt hat und je so wollen wird, diese räudigen Nieten, diese Zaungäste, diese feigen Ratten, die schon längst nichts mehr spüren, die schon so gut wie tot sind, aber aus dem Sicherheitsabstand ihrer Besuffski-Lethargie heraus andere beim Leben gehässig beäugen. Oh, wären sie doch nur in ihren Heimatdörfern geblieben. Dort fehlen jetzt ein paar über den Gartenzaun gelehnte Tratschen, die sich über anderer Leute Sexleben das Maul zerreißen.

Überhaupt: dieser beschissene Kiez. Dieses armselige So-Tun, als sei man anders drauf als der durchschnittliche BRD-Spießer, dabei ist hier alles wie in einem bayerischen Kuhdorf, ja, sogar noch schlimmer. Hier wie dort pflegt man seine Kräutergärten und päppelt seine Hunde, liebt Straßenfeste und hasst Nüchternheit, vermehrt sich wie die Karnickel und lästert über die Nachbarn. Hier wie dort herrschen Selbstjustiz und Engstirnigkeit; verlässt man seine Hood das ganze Leben nicht mehr und beißt jeden Fremden weg, der den Klamottencodex nicht einhält.

Eric kommt nicht. Das tut weh. Aber ich lese es als Wink des Universums, als Hinweis, dass jetzt ruhig mal was Neues kommen, eine neue Zeit anbrechen darf. Ja, genau, Schluss jetzt. Ich atme tief ein, knalle mein leeres Glas auf den Tresen und gehe nach Hause. Als freier Mensch.

—

Mirko geht joggen. Mirko spielt Beach-Volleyball. Mirko kann Skateboard fahren. Mirko kann klettern. Mirko macht jeden Morgen fünfzig Liegestütze. Kein Wunder, dass er so aussieht, wie er aussieht.

—

Später Nachmittag. In den Imbissbuden klumpen sich die grauen Ossis heute zu besonders großen Trauben vor den Bildschirmen.

Was los? Welches weltgeschichtlich bedeutsame Event findet denn heute statt?, schreie ich in einen Imbiss.

Rocchigiani gegen Maske, Mann, schreit es zurück.

Boxen, ach du Scheiße, schreie ich, was der Stimme nicht zu passen scheint, denn sie brüllt zurück: *Zieh ab, dumme Fotze*, worauf ich brülle, *halt's Maul, du Wendeopfer*, und dann renne ich sicherheitshalber ein paar hundert Meter, man weiß ja nie.

—

Das Leben ist eine Baustelle.

Mirko scheint er gefallen zu haben, jedenfalls behauptet er das. Ich kenne ihn noch nicht gut genug, um zu wissen, ob er Dinge sagt, weil er sie meint oder weil er glaubt, dass ich sie hören will. Ich mochte den Film auch ganz gern, vor allem Jürgen Vogel mit seinen Zahnlücken.

Wir kommen aus dem Kino und schlendern durch die angenehme Nachtluft. Wir setzen uns in eine Bar, in der ich noch nie war. Mirko bestellt ein Beck's, ich eine Weißweinschorle, das Getränk, das so gut zu meinem neuen Ich passt. Dieser Junge ist Jurastudent, okay. Aber er hat diese wahnsinnig breite Brust. Und dann hat er mir erklärt, was man mit Jura alles Tolles machen kann. Also, im Grunde die Welt retten.

Immer nur Steine werfen bringt den Kapitalismus auch nicht um, sagt Mirko und guckt mich an, als sei ich eine Steinewerferin. Ich hab aber in meinem ganzen Leben noch keinen einzigen Stein geworfen. Mir ist in jeder Sekunde bewusst, dass ich ganz normale Dinge mache wie ein ganz normales Mädchen. Ich schwebe sozusagen über mir und beobachte mich beim Normalsein.

Mirko stellt Fragen, viele Fragen, über mich, mein Leben. Er will mich kennenlernen, wie er sagt. Lernt er mich so kennen? Ich gebe bereitwillig Auskunft, starre dabei aber nur auf seinen schönen Mund, weil ich ihn endlich küssen will. Ich warte brav, bis er den ersten Schritt macht, ich will ja nicht, dass er mich für ein gieriges Monster hält. Was ich sonst bin, ich geb es zu, aber nicht heute. Nicht hier, nicht in dieser neuen Version meiner selbst.

Nach der dritten Getränkebestellung ist es endlich so weit: Mirko beugt sich leicht zu mir. Und sagt: *Ich würd dich jetzt gern küssen. Darf ich?*

Hilfe. Hat er das gerade wirklich gefragt?

Ich lache etwas peinlich berührt und sage: *Ja.* Das Ja bleibt steif und höflich in der Nacht stehen wie eine viktorianische Jungfrau.

Mirko beugt sich zu mir und küsst mich. Er küsst sanft. Weich, genüsslich und ohne Hast. In den Knutschpausen ist er verstummt, spricht nicht mehr, guckt nur groß mit seinen blauen Augen, schaut mich an, schaut dann wieder in eine vage Ferne und nippt an seinem Bier. Und fragt irgendwann, ob ich noch mit zu ihm wolle.

Ja, ich will.

—

Mirko fragt, ob es mir gut geht. Mirko fragt, ob ich mich wohl fühle. Mirko fragt, ob mir gefällt, was er da macht. Wir liegen in seinem Bett, und Mirko fragt und fragt, und dieses ganze Gefrage trocknet mich noch völlig aus. Seine zaghaften Griffe, sein behutsames Tasten.

Frag nicht so viel, mach doch einfach. Allein, dass dieser Satz gesprochen werden muss. Mirko guckt groß und verliebt. Mist. Ich möchte dein Hund sein, singt Iggy, und ich stimme vollen Herzens zu. Ich möchte dein Hund sein. Und noch viel mehr. Ich schließe die Augen und gebe mich dem Flow der Zärtlichkeit hin. Küssen, Streicheln, es fühlt sich an wie ein Bad in warmer Eselsmilch. Aber wer liegt schon gern in warmer Eselsmilch? Ich versuche, mir selbst vorzutäuschen, dass es da keine anderen Bilder in mir gäbe. Bilder von Eric, wie er mich am Genick packt und nach unten drückt. Bilder, die sich ohne Rücksicht zwischen mich und Mirko schieben. Vielleicht hilft mehr Alkohol, denke ich und greife nach der Flasche Bier, die neben dem Bett steht. Mirkos Blick nach zu urteilen ist das ein schlimmer Affront. Man kann im Bett ja so viel falsch machen. Das mit Eric ist das eine, das mit Mirko das andere, versuche ich mir die Sache schmackhaft zu machen. Yin und Yang, hell und dunkel, Bla und Bla. Und vielleicht, vielleicht ist das hier ja Liebe. Vielleicht fühlt sich Liebe ja so an. Und das andere ist Gier. Pure, stumpfe Gier. Ein schwarzer Trieb, der überwunden werden muss. Fühlt sich allerdings gut an. Viel zu gut. Besser als, ich würd mal sagen, alles. Besser als alles andere, aber vor allem als das jetzt hier. Allein, dass ich so viel denke. Wenn Eric mich nimmt, denke ich nicht. In mir bleibt kein Platz zum Denken. Mein Hirn hat kein Blut zum Denken. Mirko fragt, wie ich am besten kommen könne. Mir doch egal! Ich bin eine Geisha. Denke ich, aber schweige. Mirko legt das wohl als Schüchternheit aus. Unter seinen sanften Versuchen beschäftigt mich die Frage noch länger. Dann fällt mir die Antwort ein: Am besten kommen kann ich allein in meinem Bett, wenn ich an Eric denke, mich daran erinnere, was er mit mir gemacht hat, und mir vorstelle, was er bald mit mir machen wird. Wahrscheinlich nicht die richtige Antwort jetzt.

Der Junge bemüht sich. Rührend. Aber er erreicht mich nicht. Ich denke und denke, dabei sollte ich Liebe machen. Ich will aber keine Liebe machen. Ich will unterworfen werden. Mirko liegt auf mir, ist in mir, streichelt mein Gesicht. Dann kommt er, rutscht von mir runter und leckt mich, wie er es gelernt hat. Ich sehe mich vor Eric auf den Knien und komme.

—

Wo bin ich nur gelandet? In Charlottenburg, am Arsch der Erde. Wer wohnt schon in Charlottenburg? Mirko sagt, sie würden für diese riesige Wohnung fast keine Miete zahlen, weil sie dem Vater von Anne gehört. Nun wohnen sie hier zu fünft. Am Frühstückstisch wird über Habermas diskutiert und die nächste Demo geplant. Ich sehe an ihren Blicken, wie sie es finden, dass ich in ihrer Küche rauche, aber keiner wagt, was zu sagen. Hier ist alles golden und gut wie in einem von einem Menschen mit intakter Kindheit ausgedachten Utopia. Ich würde gern dazugehören. Wirklich. Zu diesen hellen Menschen mit ihren gesunden Gedanken und gesellschaftsverändernden Lebensplänen. Hier sitzt, ich seh's genau, die Zukunft. Die werden unsere Solarhäuser bauen und unsere Landwirtschaft revolutionieren. Die sind gekommen, um zu verbessern. Und ich? Ich bin gekommen, um zu rauchen. Weil mir das Gespräch zu langweilig wird, setze ich mich auf den Balkon und klappe mein Buch auf. Nach zehn Minuten kommt ein Mädchen mit Dreads und gießt die Kräuter.

Du liest dieses Zeug?

Kein gelungener Opener.

Na ja, wie du sehen kannst, lese ich dieses Zeug, sage ich und wende mich wieder meinem Buch zu. Aber sie lässt nicht locker. *Das ist echt frauenfeindlich. Ich finde nicht, dass man den Autor noch unterstützen sollte, indem man das Buch kauft.*

Wenn es dich beruhigt: Ich hab's geklaut.

Was nicht ganz stimmt. Chrissy hat's für mich geklaut. Aber ich würde vor dieser Ökobraut niemals zugeben, dass ich zu feige zum Klauen bin.

Jetzt herrscht Schweigen. Aber ich spüre, dass ich gleich eine Rede halten muss. Ich muss es tun, für mich, für Bret, für die Literatur, für uns alle.

Das ist vielleicht das beste Buch, das seit zehn Jahren geschrieben wurde. Und es ist unglaublich lustig. Die Szene, in der Patrick seine Exfreundin zerstückelt und danach mit seinen Kumpels einen trinken geht, die ihn ständig mit wem anderen verwechseln, aber es ist völlig egal, da eh alle gleich sind? Superlustig.

Die mit den Dreads guckt böse und irgendwie so, als wolle sie das jetzt hart mit mir ausdiskutieren. Aber Gott sei Dank hat sie gleich Seminar und muss weg. Ich fühle mich hier noch ein bisschen falscher als vorher und nehme mein Gefühl von vorhin zurück: Nein, ich möchte nicht zu denen gehören.

Mirko kommt und gibt mir einen Abschiedskuss, auch er muss in die Uni. Und was mit mir sei? Ja, was soll schon sein mit mir. Ich bleib hier einfach sitzen und lese, wenn's recht ist.

Mirko guckt, als mache er sich Sorgen um mich. Ist er etwa mein Vater? Es gibt nichts Abturnenderes als diesen väterlichen Sorgenblick. Diesen Blick, der sagt, dass man mir nicht zutraut, den Tag unbeschädigt zu überstehen.

Endlich sind dann alle weg, gehen ihrem wie immer gearteten Tagwerk nach. Ich schleiche noch eine Weile durch die Wohnung und lasse mich von der Ordnung und Sauberkeit in Angst und Schrecken versetzen, bevor ich mich wieder in meine ureigenste Müllkippe aufmache.

—

Ich war gerade in einer richtigen WG, einer WG mit vollem Kühlschrank, Putzplan und TAZ-Abo. Wo ist, bitte schön, unser TAZ-Abo?

Lily guckt, als wolle sie mich in die Klapse einweisen.

Nee, wirklich, zetere ich weiter, *wir müssen mal irgendwie politischer werden. Ich meine, wir wohnen nicht mal im besetzten Haus. Wir zahlen Miete!*

Lily scheint wenig beeindruckt. Sie gratuliere mir zu meinen neuen, soliden Freunden, könne sich mein selbstanklagendes Gejammer aber jetzt nicht anhören, da sie zur Probe müsse, sorry und tschüs.

Und weg ist sie.

—

Sie war dumm wie Brot, aber ich wollte sie unbedingt flachlegen, schreibt Jack, und darin steckt schon die gesamte Tragik.

—

Mirko fragt, ob ich Lust hätte, ihn zum Geburtstagsdinner seiner Ex Marian zu begleiten. Dieser Satz hat schon drei Fehler. Menschen, die mit ihren Exen total gut befreundet sind, sind mir von jeher suspekt. Ich kenne nur Leute, die nach einer Trennung Desaster und verbrannte Erde hinterlassen: Chrissy zum Beispiel ist, als Rocco ihr eröffnete, dass er sie nicht mehr liebe, so ausgerastet, dass sie ihm eine Rippe brach. Und als Jan von seiner letzten Freundin verlassen wurde, hat er den ganzen Kiez mit ihrem Bildnis plakatiert, unter der Überschrift *Warnung! Freilaufende Scheißfotze! Hütet eure Herzen!* Was fast schon wieder romantisch war.

Und, ernsthaft, Dinner? Bei Dinner denke ich an Uniprofessoren mit antiken Möbeln und schütterem Haar. Und, dritter Fehler: mich zu fragen, ob ich ihn *begleite.* Bin ich der Escortservice? Das wär ja wieder was: wenn man aus der Veranstaltung ein Spiel machen könnte. Ich im Trenchcoat und nichts drunter, wir siezen uns den ganzen Abend und gehen nachher in eine Suite im Adlon und spielen *Tokio Dekadenz* nach. Aber ich bezweifle, dass ich in Mirko für solche Phantasien den richtigen Spielgefährten habe. Ich gehe trotzdem mit.

Die Bude ist mit Bedacht eingerichtet, irgendwie passt alles zu allem, fast schon unheimlich. Überall sieht man Dekodetails, die Tapete ist mit Blumen bemalt. Ich frage mich, was Mirko sagen wird, wenn er Bekanntschaft mit meinen Käfern und schimmligen Töpfen und niemals gewaschenen Bettlaken macht.

Marian hat den Tisch hübsch gedeckt, mit zu Schwänen gefalteten Servietten und drei Gläsern pro Gast. Marian, die ehrenamtlich für Amnesty International arbeitet. Sie sieht schön aus, ein bisschen wie Mia Farrow in alternativ. Sie ist etwas älter als ich, vierundzwanzig, genau wie Mirko. Bald sind sie fertig mit Studieren und werden nützliche Mitglieder der Gesellschaft sein. Ich hab Mirko gefragt, warum sie sich getrennt hätten. *Sie ist fremdgegangen, das hab ich ihr nicht verziehen*, war die Antwort.

Hätt ich doch niemals gefragt.

Während die anderen sich in der Küche in seichter Begrüßungsplauderei verlieren, setze mich mit meinem Aperitivo aufs Sofa und blättere im Amnesty-International-Mitgliedermagazin. Dabei fällt mir ein, dass ich mein Lebtag noch keinen einzigen Brief geschrieben habe, um Eingeknastete und Entrechtete freizukriegen. Einmal hab ich eine Nacht lang Mahnwache gegen den Golfkrieg gemacht, aber nur, weil ich einen Jungen beeindrucken wollte, den ich damals gut fand. Hinge das Schicksal des Planeten von mir ab, wäre der Planet verloren.

Man setzt sich. Ich komme mir vor wie in so einem Film, in dem sich lauter Bürgerpaare zum Essen treffen, und dann trinkt einer zu viel und sagt aus Versehen was Falsches, also Wahres, und alle Masken fallen, und Lebenslügen platzen auf.

Wir sind aber alle viel zu jung für richtig schlimme Lebenslügen.

Um den Tisch versammelt sitzen: Mirko, künftiger Staranwalt, der den Unterprivilegierten im Kampf gegen das Finanzkapital mit erhobener Faust zur Seite stehen wird. Marian, Vorsitzende der Kreuzberger Amnesty-Gruppe und Psychologiestudentin. So ein Marek, der für eine linke Zeitung Kolumnen schreibt. So eine Mona, die, soweit ich das verstanden habe, dafür zuständig ist, deutsche Promis dazu zu bewegen, sich für PETA auszuziehen. Und: Larissa. Ein paar Stühle sind noch frei, ich male mir voll Grauen aus, was für Übermenschen noch erwartet werden. Natürlich werde ich sofort ausgequetscht, was ich so studiere.

Geschichte, aber mehr so aus Witz, sage ich. Und bekomme plötzlich einen Anfall. So einen Beklemmungsanfall, den ich sonst nur aus der Uni kenne. Das Herz rast, der Hals zieht sich zusammen, mir wird fieberheiß, ich muss ganz schnell raus hier. Ich springe auf und zerre Mirko in den Hausflur.

Tut mir leid, ich kann das nicht.

Was kannst du nicht?

Da ist er wieder, dieser Vater-Blick. Ich finde keine passende Antwort und stoße stattdessen einen Klagelaut aus. Und weg bin ich. Draußen rauche ich erst mal eine. Ich kann mich nicht erinnern, wann mir je eine Zigarette so gut schmeckte. Ich koste sie aus bis zum letzten Zug, bis runter zum Filter. Ich bin entkommen und wieder in Freiheit. Ich laufe ruhig die Straße entlang, genieße mit jedem Schritt mein Davongekommensein. Ich musste mich in Sicherheit bringen, Mirko wird das verstehen. Er hat mich ja nicht wegen meiner psychischen Stabilität gewählt. Hätte er psychische Stabilität gewollt, hätte er auch bei Marian bleiben können. Aber, fällt mir ein, die ist ja fremdgegangen, also wollte er vielleicht wirklich lieber sie, fühlte sich aber gezwungen, sie zu verlassen, wegen des gebrochenen Herzens und der Ehre und der Eifersucht. So denke ich dunkle Gedanken, die mich nirgendwohin führen.

Da mir nichts Besseres einfällt, gehe ich nach Hause. Es ist ein jämmerlicher Samstagabend. Alle rennen draußen durch die Nacht und feiern, nur ich bin nicht dabei, ich habe mich in eine Düsternis hineingesteigert. Sogar Lily liegt nicht wie sonst mit dem Gesicht nach unten im Konradzimmer, sondern amüsiert sich irgendwo, hat vielleicht neue Leute kennengelernt, faszinierende, geheimnisvolle Wesen, die nicht so langweilig und erbärmlich sind wie ich.

Ich zünde mir eine Vietnamesen-West an, lege mich auf den Teppich und denke an all die Demos, auf denen ich nicht war.

Die Anti-Papst-Demo. Der irre alte Pole am Brandenburger Tor, huldvoll aus dem Papamobil winkend. Verpasst. Ein paar aus dem Kiez sind hingegangen und haben *Schändet den Papst* gerufen. Der Pontifex wird sich unbeeindruckt gezeigt haben und nicht etwa, vom Lichtstrahl eines spontanen Humanismus geläutert, sofort nach Afrika zum Kondomeverteilen gesaust sein.

Lichterkette gegen rechts. Ich glaub ja nicht, dass es die Nazis in Mölln, Hoyerswerda, Rostock-Lichtenhagen, Solingen oder Magdeburg vom Abfackeln eines einzigen Ausländers abhält, wenn ich in der Innenstadt stehe und mit fremden Spießbürgern Händchen halte. Aber Baseballschläger einpacken, in den Osten fahren und Jagd auf Skins (SCHLAGT DIE GLATZEN BIS SIE PLATZEN) machen, so wie Chrissy, Zoe und die anderen, dafür fehlen mir wiederum Mumm und Schlagkraft.

Demo gegen die Räumung der besetzten Häuser. Mir doch egal, wenn Schönbohm da einreitet und alle rausschmeißt. Dann müsste Eric in ein Mietshaus ziehen wie wir alle, und dann würden wir ja sehen, was von seiner Besetzeraura noch übrig bliebe.

Der revolutionäre erste Mai. Sämtliche Freizeit-Anarchos der Republik reisen in Bussen an, um ein bisschen Krieg zu spielen. Ich plante eine Gegenaktion, die darin bestanden hätte, Pasolinis Gedicht *Die KPI an die Jugend* in der ganzen Stadt zu plakatieren, das Gedicht, in dem er schreibt, dass bei den letzten Studentenprotesten in Rom durchaus ein Klassenkampf stattfand, er da allerdings auf der Seite der Bullen stand, den Proletarierkindern aus den armen Vorstädten, den eigentlich Verratenen und Verkauften, und nicht auf der Seite der vom Establishment gepamperten Demonstranten. Die beschimpft Pier Paolo als Vatersöhnchen und Nachwuchs-Bourgeois, die später ungerührt von ihren Daddys den Staffelstab der Macht übernähmen und somit ja wohl der eigentliche Klassenfeind seien. War ein guter Plan, hab nur die Ausführung verpennt.

Auch diejenige, die sich in Gorleben nicht auf die Schienen gekettet hat, um den Castortransport zu verhindern, war ich, und diejenige, die sich weigerte, mit verpillten Tunten durch die Mittagshitze zu marschieren, weil sie noch einen schlimmen Kater vom Vortag hatte, war auch ich. Fabi war wieder mal sauer, denn beim Christopher Street Day versteht er keinen Spaß, er findet mich *unsolidarisch*, obwohl ich nicht weiß, wie solidarisch ich ihm gegenüber noch sein soll, schließlich bin ich es, die seinen Konsum mitfinanziert, wenn er wieder mal pleite ist, dabei bin ich selbst ständig pleite. Auch auf der Gelöbnix-Demo hab ich mich nicht blicken lassen, teilweise aus Faulheit, teilweise aus Zweifel, ob ich auch wirklich Pazifist bin. Ist ein Einmarsch im Kosovo wirklich falsch? Und woher soll, bitte, ich das wissen?

Ich glaube, ich empfinde einfach nicht genug Wut auf die Verhältnisse. Ich bin zu matt für eine gute Wut. Ich rauche noch eine, und dann rauche ich noch eine, und dann ist mir ein bisschen schlecht, es ist erst zweiundzwanzig Uhr, und ich weiß wieder mal nicht, wohin mit mir. Bei Marian sind sie sicher schon beim Dessert. Ich tippe auf Mousse au Chocolat, selbstgemacht, aus Eiern von glücklichen Hühnern. Kurz vermisse ich Mirko, aber nur so lange, bis mir wieder einfällt, dass das, was ich an ihm vermisse, nur einen Teil seiner Gesamtpersönlichkeit ausmacht. Die Hälfte dieses Mannes ist ganz großartig, aber die andere Hälfte bleibt mir fremd. In die eine Hälfte bin ich vielleicht sogar ein bisschen verliebt, aber die andere gibt mir leider gar nichts.

—

Rückfall.

Dabei hatte ich doch schon fast die Medaille für einen Monat Abstinenz in der Tasche. Dabei hatte ich geschlagene zwei Stunden in der Bar gestanden und mit Chrissy gequatscht und Erics Anwesenheit ignoriert und nur ab und zu mal rübergeschaut und mich sehr, sehr sicher gefühlt, dass ich gleich nach Hause gehe, einfach so, dass das mit uns in der Vergangenheit liegt. Und dann finde ich mich doch wieder bei ihm, an die Heizung gefesselt, mit gespreizten Beinen, in Erwartung dessen, was kommt.

Ich brauche kein Vorspiel. Die Blicke, die er mir den ganzen Abend zuwirft, machen mich feucht genug.

Am Morgen bin ich wütend und von mir selbst enttäuscht und schreie ihn an:

Warum bin ich schon wieder hier?

Er lacht nur ein bisschen und zuckt mit den Achseln, und ich springe aus seinem Bett, ziehe mich an und renne weg und verirre mich, verirre mich erneut, zum hundertsten Mal, in den versifften Stiegen und Gängen dieses brüchigen Hauses. Ich öffne eine Tür, die ich für den Durchgang ins Freie halte, stehe aber stattdessen vor einer kompletten peruanischen Band mit Ponchos und Panflöten und schwarzen Filzhüten. Ich schließe die Tür und versuche es mit einer anderen Richtung, steige Treppen hinab, öffne Türen, hinter denen sich nie das Tageslicht zeigt, sondern jeweils:

Ein schlafendes, nacktes Mädchen –

Laurent, der eine Pizza isst –

Fünf kläffende Hunde –

Ein Mädchen und ein Junge mit wilden Augen, die Atari-Teenage-Riot-Party machen, auf einer Matratze auf und ab springen, *Revolution Action*, und sich Kleidungsstücke und Stehlampen um die Ohren schlagen –

Endlich hab ich die richtige Tür erwischt. Ich stolpere ins Licht und fühle mich verdammt schlecht, aber heimlich auch ein bisschen gut.

—

Er stand da so im Uni-Gang und fragte alle Mädchen, ob ihn nicht eine heiraten wolle.

Please, do you want to marry me?

Und da dachte sie, *warum nicht? Wir müssen eh politi-*

scher werden. Und Lily blieb stehen, drehte sich zu Ahmad um und sagte:

All right, I'll marry you.

Deshalb sind wir jetzt mit Ahmad und seinem besten Freund George mal kurz nach Dänemark, weil das mit dem Heiraten da schneller geht. Ahmad kommt aus Sierra Leone, wo Bürgerkrieg herrscht. Er hat eine schwangere Freundin in Berlin, die sehnsüchtig darauf wartet, dass er dauerhaften Aufenthalt bekommt.

George ist schon länger in Berlin und spricht ganz gut Deutsch, Ahmad versteht nur Englisch.

Der eine dünn, schweigsam und höflich, der andere korpulent, Zoten reißend und laut, sie wirken wie das Detektivduo einer Blaxploitation-Komödie, falls es dieses Subgenre überhaupt gibt.

Die Fahrt ist ganz lustig, wir sitzen in Georges kleiner Karre und singen mit Manu Chao, dessen Stimme aus dem Kassettendeck scheppert, *Mexicano, Clandestino*, machen in Hamburg eine Pause, essen einen Hot Dog, spielen in einer Bar auf der Reeperbahn Dart mit ein paar Strichern, fahren weiter, bis wir an die Grenze kommen, wo wir sofort argwöhnisch beäugt werden, rausgewunken, zum Aussteigen aufgefordert. Dann durchwühlen sie gründlich all unsere Taschen.

Welcome to our world, sagt George, während Ahmad schweigt.

In dem dänischen Grenzstädtchen, wo null los ist, laufen wir die leere Straße entlang auf der Suche nach einem

Restaurant, einer Kneipe, einer Tanke, als wir bemerken, dass ein Bullenauto hinter uns herfährt, im Schritttempo. Es überholt und hält an, der Typ auf dem Beifahrersitz kurbelt die Scheibe runter und fragt uns, ob alles *Okay* sei.

Nichts ist okay! Böse schwarze Männer haben uns gekidnappt!, schreit Lily, aber ich halte ihr den Mund zu, lächele höflich und sagte: *Danke, alles gut, wir haben nur Hunger.*

Die Dänenbullen verstehen wohl Deutsch, denn sie lassen uns einsteigen und fahren uns zu einer Pizzeria, der einzigen, die es hier gibt.

Ahmad bleibt die ganze Reise über recht still, während George sich als Gentlemanverführer aufspielt. Er denkt wohl, dass es unpassend sei, Ahmads Braut anzubaggern, selbst wenn sie gar nicht seine echte ist, und konzentriert seine Bemühungen ganz auf mich. In unserer Pension will er unbedingt, dass ich mit ihm in einem Zimmer schlafe. Lily und ich vereiteln seine amourösen Pläne und machen Privatparty auf unserem Zimmer.

Am nächsten Tag der Termin beim Standesamt: Ahmad und George aufgebrezelt in billigen Anzügen und grellen Krawatten, Lily in einem komischen Ökokleid mit Trompetenärmeln, das eher nach Hexensabbat als nach Hochzeit aussieht. Auch ich hab mir zur Feier des Tages ein Kleid aus schwarzer Spitze angezogen, aber ordentliche Schuhe vergessen. Steh ich also da in meinen Doc Martens. Wir sehen, bei Licht betrachtet, recht dubios aus. Meint wohl auch die Standesbeamtin, denn sie wirft uns unfreundliche Blicke zu.

Ich hatte vorher vorm Spiegel ein Pokerface geprobt, um ja nicht zu lachen. Ich spule in meinem inneren Lichtspielhaus ein paar grausige Szenarien ab, überfahrene Tiere, brennende Asylantenheime, Janek, verblutend auf der Straße, mit einem Messer im Bauch, während seine Gedärme auf den Asphalt quellen, Lily, zerfetzt in einem Flugzeugabsturz. Mit dieser Hilfe schaffte ich es halbwegs ohne Lachkrampf durch die Zeremonie.

Danach fahren wir ohne besondere Vorkommnisse wieder heim. Seit wir zurück sind, ruft George jeden Tag an und nervt mit seinen lächerlichen Verführungsversuchen. Er versucht es mit den billigsten Tricks.

Trick eins, Rassismusvorwurf: *Du willst mich bloß nicht, weil ich schwarz bin.*

Am liebsten würde ich in den Hörer schreien: *Nee, nee, nee, so nicht, mein Freund, ich will dich nicht, weil ich dich, ganz speziell dich, nicht will, ich würde dich auch nicht wollen, wenn du weiß, gelb oder grün wärst*, aber das traue ich mich natürlich nicht. Ich sage nur artig: *Quatsch keinen Blödsinn*, was George aber einfach überhört.

Trick zwei, die Schwedin: George erzählt mir, dass er eine langbeinige Schwedin kennengelernt hat, eine ganz, ganz scharfe Tusse, die ihm so was von hart signalisierte, dass alles mit ihr ginge, *das ganze Programm, wenn du weißt, was ich meine?* Ich kann nur raten, was George mit dem ganzen Programm meint, meist stößt die männliche Phantasie da an ihre natürlichen Grenzen. Und außerdem glaube ich, dass diese Schwedin eh nur ausgedacht ist. Jedenfalls: Nachdem George mir die Vorzüge dieser wahrscheinlich fiktiven Frau in allen Farben ausgemalt hat, macht er eine Kunstpause (er sollte Schauspieler werden) und sagt:

Aber ich hab sie stehen lassen. Warum? (Zweite Kunstpause.) *Wegen dir.*

Dieses fabelhafte Frauenopfer soll wohl als eine Art Liebesbeweis ziehen, das geht aber voll nach hinten los. Ich versuche, ihm zu erklären, dass, wenn man eine Frau rumkriegen will, es nicht förderlich sei, das Gespräch mit einer Hymne auf die Sexyness einer anderen zu eröffnen, aber er rafft es nicht. Er rafft es einfach nicht. Die Schwedin wird immer größer, ihre Beine werden länger und länger, denn je länger die Beine der Schwedin, desto heldenhafter der Verzicht auf sie, desto größer also Georges Liebe zu mir. Denkt George.

Ich frage mich, ob diese Milchmädchenrechnung eine individuelle Fehlkalkulation von George ist oder vielleicht zum üblichen sierra-leonischen Balz-Ritual gehört.

Inzwischen nehme ich den Telefonhörer nur noch entgegen, wenn Lily vorher geprüft hat, wer dran ist. Wenn George dran ist, lasse ich mich verleugnen.

—

Mirko fragt mich, ob ich mit ihm im August ans Meer will. Surfen. Ich schaue ihn an wie einen bösen Flaschengeist.

Ich kann nicht surfen.

Ich bring's dir bei.

Ich korrigiere: Ich kann und will nicht surfen.

Na, dann liegst du eben am Strand und liest.

Ein gleißendes Grauen überfällt mich. Was ist nur mit

mir los? Meer, das war immer ein fast schon zu peinliches Codewort für etwas Gutes, einen Sehnsuchtsort. Und was bedeutet es mir jetzt? Hitze. Sportliche Menschen, die Beachvolleyball oder so was spielen. Kreischende, rennende Kinder mit tropfenden Eiswaffeln. Geruch von billiger Sonnenmilch. Gummitiere in grell leuchtenden Farben. Sand in der Poritze. Weg von Eric. Jede Nacht Blümchensex.

Ich bin nicht so eine, die in Urlaub fährt, sage ich knapp. *Und von was, bitte, soll ich Urlaub machen?*

Mirko lacht und streicht mir eine Strähne aus der Stirn. Er ist so süß. Aber das reicht nicht.

—

Schluss mit lustig, sage ich und knalle meine vorhin auf dem Bücherstand vor der Uni erstandene DDR-Ausgabe von *Das Kapital, Band eins* auf den Tisch.

Das lesen wir jetzt. Jeden Tag zwanzig Seiten.

Was hat das gekostet?, schreit Lily.

Zwei Mark fünfzig. Ganz schön viel Hirnfutter für so wenig Kohle.

Lily schnüffelt am Einband und verzieht das Gesicht.

Okay, es riecht etwas streng. Und Stockflecken hat es auch. Aber wenn wir das gelesen haben, wissen wir Bescheid.

Du warst doch schon wieder bei diesem Jan, sagt Lily. *Der will dich mit seinem Politgelaber doch bloß ins Bett kriegen.*

Ich schlage das Buch auf, aber Lily sagt, *ab morgen dann*, und weg ist sie.

—

So leicht lasse ich sie nicht davonkommen. Es ist ein ordinärer Montag, ein guter Tag für politische Lektüre. Ich lauere im Autositz, in den Händen die fette, blaugrüne Schwarte. Endlich höre ich die Türe schlagen. Als Lily mich so sieht, ahnt sie nichts Gutes. Aber sie fügt sich in ihr Schicksal, legt sich neben mich auf den Boden und schließt die Augen. Ich lese laut *Ware und Geld*. Lily stöhnt. Ich lese *Die Nützlichkeit eines Dings macht es zum Gebrauchswert*. Ich lese *Der Gebrauchswert verwirklicht sich nur im Gebrauch oder der Konsumption*. Ich lese *Der Tauschwert scheint daher etwas Zufälliges und rein Relatives, ein der Ware innerlicher, immanenter Tauschwert (valeur intrinsèque) also eine contradictio in adjecto*. Ich lese *Aber da x Stiefelwichse, ebenso y Seide, ebenso z Gold usw. der Tauschwert von einem Quarter Weizen ist, müssen x Stiefelwichse, y Seide, z Gold usw. durch einander ersetzbare oder einander gleich große Tauschwerte sein*.

Lily sagt, *Mist, jetzt hab ich gar nicht richtig zugehört*. Ich sage, *gut, dann fang ich noch mal von vorne an*. Lily sagt, *bloß nicht*, und bedeckt ihr Gesicht mit ihrer Lederjacke. *Wir sind erst auf Seite vierzehn*, sage ich, bekomme aber keine Antwort mehr. Das Vorhaben *Politische Bildung* scheint gestorben zu sein.

Komm, wir gehen ins Kino und gucken From Dusk Till Dawn, sagt Lily. *Oder* Praxis Doktor Hasenbein.

Ich denke, *schon wieder Helge. Dann lieber die Vampire*. Meine Lieblingsszene ist, wenn George Clooney, der geile Hund, am Ende nach der Schlacht, mit seinem krassen Tattoo, das aus dem Hemd über den Hals nach oben kriecht, hinter sich das zusammenkrachende Titty Twister, zu seinem kleinen, hysterischen, mexikanischen Businesspartner sagt: *Das waren keine Irren. Irre explodieren nicht, wenn das Sonnenlicht auf sie fällt, egal wie irr sie sind.*

Weil das sehr weise Worte sind.

—

Samstagnacht, Party bei Jan. Wir stehen trinkend im langen Flur, auf einmal fliegt – krawusch! – die Tür auf, und zwanzig Fighter in voller Montur, so Robocops mit Helmen und Schilden, stürmen die Bude und tragen jeden Partygast einzeln ins Treppenhaus. Gar nicht mal so unsexy. Was war geschehen? Ein betrunkenes Mädchen hat zwei wegen zu lauter Musik anrückende Bullen vom Balkon aus mit einer leeren Flasche beworfen. Gilt als bewaffneter Angriff auf die Staatsgewalt. Jan ist begeistert; endlich eine Party, die er sich ins Poesiealbum kleben kann.

—

Wir sitzen im Foyer des Kino International, schauen durch die Fensterfront auf das verwaiste Café Moskau und trinken Wein. Paare kommen die Treppe hoch. Mir schwant, dass wir nun auch so ein Paar sind, das zusammen Treppen von Kinosälen hinaufmarschiert, und kurz wird mir etwas schummrig.

Im Kino greift Mirko ständig nach meiner Hand, das macht mich wahnsinnig, denn ich will mich auf den Film konzentrieren. In mir steigt ein schrecklicher Verdacht auf, nämlich der, dass Mirko sich gar nicht für den Film interessiert, sondern nur mit mir ins Kino wollte, um in meiner Nähe zu sein. Zwei Stunden später sitzen wir im Roten Salon und schweigen. Eine Entfremdung weht mich kalt an. *Beruhig dich mal, es ist nur ein Film*, versuche ich mir einzureden. Aber ich weiß, dass nur ein Film niemals nur ein Film ist.

Ich starre den schönen Mann mir gegenüber an und fange an zu trauern. Ich spüre, dass es sich anschleicht, das Ende. Mirko ahnt davon nichts, was die Sache nur noch schwerer macht. Er glaubt, im Gegenteil, hier finge was an.

Ein alter Macho mit Topfpflanze. So what? Hat Mirko gesagt und nicht bemerkt, wie beherzt er damit am Grab meiner Zuneigung schaufelt.

Diese gut gebaute, warm strahlende Blondheit. Nein, er ist zu süß, um jetzt schon aufzugeben. Fahr ich eben mit ihm ans Meer.

Ich liebe dich, sagt Mirko. Ich erstarre. Viel zu früh, viel zu ernst, viel zu viel.

Wenn ich jetzt sagte, *ich liebe dich auch*, dann kehrte Ruhe ein und eine neue Zeit bräche an. Dann finge das alles an, das mit den Erwartungen und den Verletzungen und den Regeln und den Verboten. Dann würde ich bald unter der Anstrengung, das Bild zu erfüllen, das er von mir hat, zusammenbrechen. Die immer mit ihrer Liebe, mit der sie achtlos um sich schießen wie ein betrunkenes Kind mit Schrotflinte. Außerdem bin ich mir nicht sicher, ob Mirko sich nicht doch nur die Rosinen aus mir pickt und angesichts des verstörenden Rests, würde er ihn denn besser kennen, nicht eher schleunigst die Biege machte.

Warum?, rutscht es mir heraus. Falsch, falsch, falsch!

Aber ich stehe unter Schock, ich bitte den Weltgeist um mildernde Umstände.

Warum? Ich sage dir, dass ich dich liebe, und du fragst mich, warum?, sagt Mirko, so fassungslos, wie ich ihn noch nie erlebt habe.

Ich bin in einer Sackgasse gelandet. Da komm ich nun nie wieder raus. Wir schweigen uns an. Den Abend können wir natürlich jetzt beerdigen.

Frage ans Universum: Kann man jemanden lieben, der *Leon der Profi* doof findet?

—

Ich bin nicht Carolyn, die zu Hause sitzt und auf Neil wartet. Carolyn, die zu Hause sitzt und Neils Kinder füttert. Ich bin Neil. Ich bin Neil, der mit Jack durch die Gegend zieht. Nein, Lily ist Neil. Ich bin Jack, der mit Neil durch die Gegend zieht und alles aufschreibt. Der hinter Neil herrennt und ihn beschreibt, versucht, ihn in seiner Essenz zu erfassen, während Neil? – nichts macht. Außer da sein. Er ist einfach da, lebt und strahlt. Lily die Muse und ich der Künstler. Der Künstler ohne Werk. Nein, ich bin doch nicht Jack. Jedenfalls nicht der Jack, der mit vierzig zu seiner Mutter aufs Land zieht und sich dort zu Tode säuft. Bei seiner Mutter! Ich bin dann doch eher William, der aus Versehen seine Frau erschießt. Obwohl. Eher nicht.

—

Vier Uhr dreizehn. Ich sitze im Autositz, schaukle und trinke Tetra-Pak-Orangensaft von ja! Lily hat sich mit einem schüchternen Physikstudenten, den sie von Julias Party mit nach Hause brachte, in ihr Zimmer zurückgezogen. Aus ihrem kleinen Player schallt Helge Schneider. Kurz hatten sie sich zu mir gesetzt, der Junge, lieb, aber farblos, machte artig Konversation. Dann verschwanden sie, Lily blau, der Junge vielleicht immer so. *Keine Tapete an den Wänden und kein Teppich auf dem Boden, na na na na,* singt Helge, und dahinter eine gedämpfte Klangkulisse aus mäßig engagiertem Stöhnen. Ich weiß nicht, was das soll, mir erschließt sich weder die Typen- noch die Musikauswahl, aber es wird sich wohl um eines von Lilys bizarren Experimenten handeln, die sie nur macht, um hinterher damit angeben zu können.

—

Ein Problemtelefonat mit Mirko. Ich stottere herum, versuche, mich zu erklären, mache mit jedem Wort alles schlimmer. Er hört mir eine Weile zu und fängt dann an zu lachen. Erleichtert stimme ich mit ein, puh, na also, er nimmt's locker, wir können noch mal von vorn beginnen. Wir versprechen uns alle möglichen Dinge, zum Beispiel, die Andersartigkeit des Anderen zu respektieren, und das könnte vielleicht sogar klappen.

—

Lily ist mit Peer verabredet. Sie soll sich die Muschi zubetonieren, während er sie dabei filmt. Nicht in echt, nur metaphorisch. Soll was Feministisches bedeuten, à la Lily als vom Patriarchat untenrum Geknebelte. In der Rolle des Betons: mit Wasser angerührte Heilerde.

Gibt's Kohle?, frage ich nur wie ein gewiefter Zuhälter. Dumme Frage, natürlich gibt's keine Kohle, nur Beteiligung an Ruhm und Ehre, falls dieses Meisterwerk irgendwann einen Kurzfilmpreis in Oberhausen gewinnt.

Bis jetzt hat das mit Ruhm und Ehre noch nicht so geklappt, da die Filme, in denen Lily mitspielt, meistens nicht mal das Licht der Welt erblicken. Für Ron lag sie einen halben Tag lang im Wasser und gab die Heinrich voraussterbende Henriette. Sie hat mir alles haarklein erzählt: Es war ein kalter Tag. Als sie am Wannsee ankam, war der Jungregisseur schon da und stand, versonnen in die Ferne blickend, am Ufer. Drehbuch gab es keines, denn Ron hatte alle Bilder im Kopf, und diesen seinen Kopfinhalt würde er ihr, Lily, gleich mitteilen. Es war noch einer da, der Kameramann, der tief über sein Gerät gebeugt im Gras hockte. Lily fragte, wo Kleist bliebe, aber Ron sagte, er wolle sich in seinem Film ganz auf Henriette konzentrieren. Lily fröstelte, musste sich aber ausziehen. Also stieg sie aus ihren Cordhosen und in den See. Dort kauerte sie in Ufernähe, das Wasser bis zum Hals, und wartete auf Anweisungen. Sie solle einfach auftauchen, meinte Ron, also tauchte Lily auf. Auch wenn sie sich fragte, welchen Sinn das wohl ergebe. Hatte Kleist sie nicht erschossen? Müsse sie dann, vom tödlichen Schuss getroffen, nicht eher ins Wasser sinken, also nicht auf-, sondern abtauchen? Aber sie fragte nicht, sie vertraute auf Rons künstlerische Vision und dass er sich schon etwas dabei gedacht habe. Sie tauchte ein Mal auf, sie tauchte zwei Mal auf, aber immer stimmte was nicht, immer war Ron mit irgendwas unzufrieden. Sie war, sagt sie, schon ganz blau, ihre Lippen, ihre Finger, aber sie tauchte auf und tauchte auf und tauchte auf, bis Ron endlich ein zufriedenes Gesicht zeigte und auch der Kameramann selig nickte. Lily stieg zitternd aus dem See, schlüpfte in ihre klammen Hosen und streifte sich ihr Hemd über. Und zu Hause entdeckte Ron den Materialfehler. Er hatte nichts, absolut nichts! Er rief Lily an und bat sie, den Dreh am nächsten Tag zu wiederholen, aber Lily sagte, *fick dich, ich hol mir noch den Tod*, und damit war der Film *Thanatos 1811* schon vor seiner Geburt gestorben.

Ich finde Lily gegen dreiundzwanzig Uhr am Tresen der *Bar*. Sie redet mit keinem, starrt nur stumpf in ihr leeres Glas.

Wie lief's mit Peer?

Frage ich. Lily schweigt, Nick grinst fies hinterm Tresen. Vielleicht hat ihr der König der vernichtenden Einzeiler gerade wieder eine seiner fischkalten Gemeinheiten ins Gesicht geklatscht. Dann springt sie auf und fängt an zu zappeln, macht einen auf Mia Wallace, schleudert ihre Schuhe von den Füßen, erstürmt einen imaginären Dancefloor und twistet wild durch den Raum, zu Nirvana, so what. An ihr haften die mir schon bestens vertrauten Männerblicke, die speziell für Lily reserviert sind, eine Mischung aus Neugier, Geilheit und Befremden. Sie tanzt, tanzt wie wild, tanzt sich die Füße blutig, denn wegen der ganzen zerdepperten Bierflaschen ist der Boden mit Glassplittern übersät. Nimmt sie nicht wahr in ihrem Suff, sie prallt gegen rumstehende Punks, fällt über aufgeplatzte Sofas, rappelt sich hoch und twistet weiter.

Heute stehen Vladi und Irina hinterm Tresen, Irina klagt mir ihr Leid. Sie fühlt sich schlecht hier, falsch platziert in diesem schimmligen Loch, diesem Drecksort der kaputten Seelen. Sie könnte im Büro arbeiten, wenn sie besser Deutsch könnte, aber um besser Deutsch zu können, müsste sie einen Sprachkurs machen, und um einen Sprachkurs zu machen, müsste sie Vladi allein hinterm Tresen lassen, was aber nicht geht, weil Vladi säuft und sich in seinem Suff die Kohle aus der Kasse klauen lässt, wenn Irina nicht aufpasst. So muss sie wohl oder übel hier stehen bleiben, tja.

Irina und Vladi sind unter anderem deswegen weg aus Moskau, weil sie an ihrer Häuserwand immer mehr Hakenkreuze fanden. Und da haben sie sich ausgerechnet Deutschland ausgesucht, haha. Aber streng genommen sind wir ja nicht in Deutschland. Wir sind nicht in Rostock oder Hoyerswerda oder Mölln. Wir sind in Berlin, dem Sonderort für sonderbare Sondermenschen. Wir sind die Guten.

—

Als wir ankommen, ist das Konzert schon in vollem Gange. Ein Kellerladen mit kleiner Bühne, es sind so um die fünfzig Leute da. Diego, ein Typ aus Lilys Theatergruppe, steht vorne am Mikro mit seiner Gitarre, sonst gibt es noch einen Bassisten, den ich noch nie gesehen habe, und Lars, den Schlagzeuger, der allen Ernstes ein Monica-Lewinsky-T-Shirt trägt. Lily, das sehe ich sofort, passt das Ganze nicht. Ihr passt nicht, dass der, der da auf der Bühne steht, nicht sie ist, dass der, der beklatscht wird, nicht sie ist. Wir haben auch schon genug intus für eine kleine, bescheidene Hemmungslosigkeit, sind in das behagliche Stadium anschwellenden Übermuts eingetreten, bereit für alle Abenteuer, bereit, durch jedes Fenster zu klettern, das die Nacht uns öffnet.

Diego produziert sich da vorne ganz schön, windet sich um den Mikroständer, wirft wilde Blicke, zieht eine Show ab, gibt sich alle Mühe, der Menge zu suggerieren, dass Jimi Hendrix im Vergleich zu ihm, Diego, nichts ist als ein armseliger Hampelmann. Lily steht neben mir, vor Unwillen ganz zappelig. Lange hält sie's nicht mehr aus. Ein paar Takte kann sie sich noch zügeln, dann läuft sie leicht schwankend, aber dennoch schnurstracks nach vorne, klettert auf die Bühne, reißt Diego mitten im Song das Mikro aus der Hand, schubst ihn weg und sagt: *Ich singe jetzt.*

Stille tritt ein, panisch und angespannt, keiner muckst sich, keiner protestiert, aus Angst, von dieser besoffenen Föhre mit dem glasigen Blick eins in die Fresse zu kriegen. Lily schwankt auf ihren Blockabsätzen, kurz sieht sie aus, als müsse sie kotzen, aber stattdessen fängt sie an zu singen.

Here she comes, you better watch your step –

Na gut, sie trifft den ein oder anderen Ton nicht, aber der Darbietung haftet, trotz der Verrutschungen, etwas Entrücktes, Anmutiges an. Die Zuhörerschar sitzt betört, als habe sie Gesang aus dem Jenseits vernommen. Nach dem

Song wirft Lily Diego das Mikro vor die Füße, marschiert wieder zu mir nach hinten, *komm, wir gehen*, und zerrt mich nach draußen. Jetzt kann Diego den Rest seines Konzerts natürlich vergessen. Sie hat ihm das Licht gestohlen. Lily weiß es. Sie lächelt, zufrieden wie ein satter Dämon.

—

Ich wache auf. Langsam dämmern mir die gestrigen Geschehnisse. Ich ziehe mir die Decke über den Kopf und versuche, Vergessen herbeizuführen, aber leider passiert das Gegenteil. Bilder drängen sich auf. Bilder von heute Morgen oder Mittag oder vorhin.

Mir dämmert, dass ich bei Eric war.

Hatte ich mir gestern noch eisenhart versprochen, nie wieder in seinem Bett zu landen, bin ich dann doch noch kurz, nur ganz kurz noch mal zurück in die *Bar*, gegen den Protest der schimpfenden Lily, die mir meine Abhängigkeit vorhielt: *Du willst ja nur auf diesen Typen warten.*

Aber ich sagte, *ach was, mir ist nur so nach noch einem letzten Getränk, einem kleinen, kleinen, letzten Getränk*, und Lily zog hohnlachend ab. Ich trank nur kurz, ganz kurz, nur einen (einen!) mit Gregory und bin, gerade, als ich gehen wollte, filmreif in Eric gerannt, genau in ihn hinein. Unsere Körper prallten im Türrahmen aneinander, wir wichen beide entsetzt zurück, als hätte uns ein Elektrozaun einen Stromschlag verpasst. Ich rannte an ihm vorbei, kopflos, grußlos, von der unverhofften Berührung verstört, machte dann wieder kehrt, weil mich eine Macht am Gummiband zurückzog, ich würde sie gern kosmisch nennen, aber es war wohl doch nur die gute alte sexuelle Hörigkeit.

Nur noch dieses eine Mal, dann bin ich frei.

Dachte ich. So denkt auch der Fixer nach dem garantiert letzten Schuss. Zeno Cosini nach seiner täglichen, garantiert letzten Zigarette. Heute ist mir das klar, heute ist mir die erbärmliche Suchtspirale, in der ich mich befinde, bewusst, aber gestern dachte ich anders, gestern dachte ich, dass diese Sorte Geschichten nicht so ruhmlos ausplätschern darf, einen rauschhaften Abschluss verdient, doch wenn ich ehrlich bin, dachte ich gar nichts, sondern bin nur blind meinem *Es* hinterhergerannt, das, im Gegensatz zu mir, immer so verdammt genau weiß, was es will.

Mir dämmert also, dass ich bei Eric war, aber leider dämmert mir noch mehr. Nämlich, dass plötzlich seine Freundin, das Brett, im Zimmer stand, vor Erics Bett, in dem wir völlig erschöpft lagen, weil wir uns wieder aufs heftigste fertiggemacht hatten, und zu schreien anfing. Es war wie schon oft im Kino gesehen, nur, dass wir alle nicht so gut aussahen dabei, ja, wir sahen wohl alle ziemlich beschissen aus, die einen verkatert oder eher noch blau, verklebt von Schweiß und Sperma, die andere vor Entsetzen fahl, nicht unbedingt sexy wie im Hollywooddrama, eher erbärmlich.

So ein Moment, in dem dringend jemand was sagen sollte, weil die Stille alles noch absurder wirken lässt, aber keiner sagt was, aus Angst, alles noch schlimmer zu machen. Dabei ist ja nichts mehr zu verschlimmern, also kann man sich genauso gut mit Haut und Haar dem Schlimmen ausliefern.

Das Drehbuch ging dann auch lausig weiter: Die Eric-Figur haute einfach ab, ließ die Larissa-Figur allein mit der Heulenden, die eindeutig die schlimmste Rolle abbekommen hatte – betrogen werden und kreischen. Na danke, oh Großer Autor, fällt dir nichts Neues ein?

Mir dämmert, dass ich Sachen dachte, Sachen wie: *Erst zweiundzwanzig und schon ein Klischee.* Sachen wie: *Wär es nicht so bitter, wär's eigentlich ganz lustig.* Und dass ich am liebsten gesagt hätte: *Hey, Brett, ich kann nichts dafür. Ich bin sozusagen unschuldig. Er hat angefangen. Dein Freund. Dein sogenannter Freund. Such dir einen netteren! Ja, tut mir leid, einer muss es dir wohl mal sagen: Dein Freund ist ein Arschloch. Aber: Er ist verdammt heiß. Das hast du wohl nicht bemerkt, sonst würdest du, Brett, ja nicht Brett heißen, weil du beim Sex unter ihm liegst wie eins. Woher ich das weiß? Natürlich von ihm. Weiteres Indiz dafür, dass er ein Arschloch ist. Aber mach dir nichts draus: Es ist nur Sex.*

Aber alles, was ich zustande brachte, war ein hilfloses Lächeln. Was natürlich nicht so gut ankam.

Ich bin dann auch ganz schnell geflohen, rannte nach Hause und dachte nur:

Fuck. Fuck fuck fuck.

Jetzt ist es wohl vorbei mit uns. Ich weiß nicht, ob ich den kalten Entzug überlebe.

SOMMER

Lily und ich liegen am Kanal, hinter uns das durchfallbraune Urbankrankenhaus. Die Sonne geht auf. Ein Mann in schwarzem Smoking, Typus drei Tage durchgefeiert, läuft in sich versunken vor uns auf und ab. Er bleibt stehen, dreht um, steuert auf uns zu, schnorrt eine Kippe, watet in den Kanal, die Schwäne gucken dumm. Er schwimmt auf dem Rücken, die kalte Kippe im Mund, zwischen Schwänen und Müll.

Mann, sagt Lily, *wie sind wir hier nur gelandet?*

Ich weiß, wie wir hier gelandet sind: Gestern wollten wir nur kurz einen Drink nehmen, da nahm die Nacht an Fahrt auf, und irgendwann saßen wir mit irgendwem in einem Taxi, einem Taxi nach irgendwo, gerieten in einen Keller, tanzten zu stumpfem Techno, bum bum bum, ein Junge tanzte vor mir, der fast so aussah wie Janek, und weil das so war, bin ich mit ihm raus, doch als wir im fahlen Licht standen, hatten Janek und der Junge plötzlich nicht mehr die geringste Ähnlichkeit, nein, er war der fremdeste Fremde; aber zur Sicherheit unterzog ich ihn einem Test, da es durchaus hätte sein können, dass eine Seelenverwandtschaft zwischen dem Jungen und Janek bestünde, und der Junge bestand den Test nicht, und ich machte noch einen Test, diesmal den Lennard-Test, ich rief in eine auf dem Bordstein hockende Runde *welcome to the concentration of camp*, aber der Junge lachte nicht, also ließ ich ihn stehen, ging wieder runter und fand Lily im Klo, die mit zwei Heavy-Metal-Freaks mit verpickelten Gesichtern eine Line zog, lud mich kurz mit ein, und dann, dann waren wir in einem Atelier, da hatte eine Geburtstag, aber die Torte war schon Matsch, als wir ankamen, dafür gab's noch Reste Kirschlikör, wir ließen das Geburtstagskind hochleben, obwohl ihre Kunst, die überall rumstand, scheiße war, und dann gingen wir und hängten alle Verehrer ab und liefen Straßen entlang, und es wurde hell, hell, hell, und nun sind wir, wo wir sind, nämlich am Kanal.

Der Typ im Smoking watet ans Ufer, triefend kommt er schon wieder auf uns zu.

Habt ihr Feuer?

Lily findet ihn gut, das sehe ich.

Nein, Lily, diesen verstrahlten Touri nehmen wir nicht mit nach Hause, sage ich streng. Lily kichert. *Pff, Touri*, schnaubt der Typ. *Ich bin hier geboren. Wie lange seid IHR hier?*

Wir müssen zugeben, dass wir noch nicht so lange hier sind.

Aber wir sind gekommen, um zu bleiben!, schreit Lily fröhlich.

Leider hat der Typ schlechte Laune.

Als ob's von euch nicht schon genug gäbe. Provinzmädchen auf der Suche nach dem wilden Leben. Ich sag euch, wie das endet: Ihr lasst euch schwängern, von einem der Deppen, die ihr ohne Präser vögelt, und seid dann zu katholisch, um abzutreiben. Dann kriegt ihr Sozi, sitzt da mit dem Balg, und alles, was ihr noch zustande bringt, ist Schmuck basteln und auf'm Flohmarkt verkaufen. Das wird es dann gewesen sein, euer Lebenswerk, das werdet ihr der Nachwelt hinterlassen: ein gestörtes Alkigör mehr und eine Tonne Traumfänger.

Lily starrt ihn an, den nassen Mann, enttäuscht, dass dieses neu entdeckte Einhorn so einen Schwachsinn redet.

Dein Leben?, fragt Lily.

Ich lege noch eins drauf: *Und wer bist du jetzt in der Geschichte? Der verlassene Lover oder das gestörte Gör?*

Der Nasse hat genug von uns und trollt sich.

Er war ja so süß, sagt Lily.

Na ja, denke ich.

—

Nach unserer unheimlichen Begegnung im Morgengrauen habe ich das Brett nicht wieder gesehen. Seinen Freund allerdings auch nicht. Ob sie jetzt getrennt sind? Oder noch zusammen? Ich kann mich nicht entscheiden, wovor ich mich mehr fürchten soll. Alles, was ich weiß, ist, dass sich mein Körper langweilt. Dass er alle Angebote, die ich ihm mache, nicht annehmen will, weil er Besseres gewöhnt ist.

—

Sorry, aber das ist mir zu kaputt, sagt Mirko und gibt mir den Fauser zurück, den ich ihm geliehen hatte. Glaubt man dem *Call-a-Pizza*-Flyer, der als Lesezeichen im Buch klemmt, ist er gerade mal bis Seite fünfundzwanzig gekommen.

—

Jan hat gesagt, ich solle ihn am Reichstag abholen, er stünde dort den ganzen Juni hindurch mit einem Einkaufswagen und verkaufe Christo-und-Jeanne-Claude-Bildbände an Touristen.

Also radle ich los.

Es ist, als sei man in einer komplett anderen Stadt, einer dieser ordentlichen Städte mit Sehenswürdigkeiten und Prachtbauten, zu denen man extra Busreisen hin macht. Es herrscht Volksfeststimmung: Menschenmassen tummeln sich, staunen, lachen, fotografieren, sprechen Englisch, Chinesisch, Russisch, sitzen im Gras und picknicken, prosten sich mit Bierdosen zu.

Es ist nicht einfach, Jan in diesem Gewühl zu finden. Ich grabe mich einmal um das in Plastik eingewickelte Gebäude, das aussieht wie ein monströses Geschenk, ein Geschenk für ein Riesenkind, ein Geschenk ohne jeden Überraschungseffekt, da die Umrisse schon deutlich verraten, was drin ist. Irgendwann entdecke ich tatsächlich den schwitzenden Jan hinter seiner Ware. Der Einkaufswagen ist mit Glitzerstoff ausgeschlagen, der an den Rändern erhebliche Löcher aufweist.

Ich schneide da ab und zu ein Stück ab und verkauf es den Touris als original Christo-Stoff, erklärt Jan, der meinen skeptischen Blick aufgefangen hat.

Die sind da absolut heiß drauf. Angebot und Nachfrage! Es ist nicht so, dass es meine Absicht war, zu betrügen, aber die Leute schreien ja förmlich danach, beschissen zu werden. Nachdem schon der Dritte ankam und fragte, ob er Stoff kaufen könne, also, den original Einwickelstoff, mit dem das Gebäude eingepackt sei, sagte ich einfach: Na klar, hier, bitte, fünf mal fünf Zentimeter fünf Mark. Mal ernsthaft: Was macht es für den für einen Unterschied? Es ist wie mit Jesu Leichentuch: Es genügt, wenn du dran glaubst. Weil die Objekte des Begehrens nur die Bedeutung haben, die du in sie reinlegst. Und diese scheiß Bildbände, die will eh keiner haben.

Gegen diese Theorie ist nichts groß einzuwenden. Jan sagt, er habe in einer Stunde Feierabend, dann könnten wir uns im Tiergarten treffen. Ich nutze mein ungewohntes Hiersein in diesem fremden Teil der Stadt für eine kleine Radtour im Grünen. Natur. Hübsche Seen. Kleine Brücken. Zwitschernde Vögel. Männer in beigen Pullis, die still auf Parkbänken sitzen und auf Sexpartner warten. Russische Panzer, die von Menschen in Bermudashorts fotografiert werden.

Wir sind – typisch Jan – an der Stelle verabredet, an der sie Rosa Luxemburg in den Kanal geworfen haben. Fett und gusseisern prangt am Ufer ihr Name. Ich lasse mich unter der Schrift nieder und warte. Nur gut, dass ich den dicken Band mit Allens Gedichten mitgenommen habe.

I saw the best minds of my generation destroyed by madness starving hysterical naked dragging themselves through the negro streets at dawn looking for an angry fix – ich sehe Allen sein Poem in die Nacht rufen, sehe ihn auf einer Kiste stehend, mit beschlagener Brille und zitterndem Bart, elektrisiert wie ein irrer apokalyptischer Marktschreier – *who lost their loveboys to the three old shrews of fate* – armer Allen, der so für Neil brennt, der seine Liebe zwar erwidert, aber mehr so platonisch, seinem Geist huldigt, aber nicht seinem Fleisch, armer Allen, der Neil aber immerhin begleiten darf, wenn er auf Weiberjagd durch die Nacht irrlichtert – *joy to the memory of his innumerable lays of girls in empty lots & diner backyards, moviehouses' rickety rows, on mountaintops in caves* – ja, Neil, der heiße Hengst und begnadete Stecher; besänge Allen seine zahlreichen Eroberungen genauso ekstatisch, wäre Neil eine Frau?, ich wag es zu bezweifeln; dann wär er mehr so Neil, die Schlampe, die ihre Beine für jeden dahergelaufenen Penner breit macht, dann wär er Neil, die nymphomane Irre, die allerhöchstens als Sujet für ein Schmähgedicht taugte, niemals aber als eines für ein Loblied, *The world is holy! The soul is holy! The skin is holy! The nose is holy! The tongue and cock and hand and asshole holy!*, während Carolyn zu Hause sitzt und die fade Suppe des Frauseins auslöffelt, bescheiden darauf wartet, bis ihr aufgetischt wird, was von Neil am Ende der Nacht noch übrig ist, *Holy! Holy! Holy! Holy!*

Dann kommt auch irgendwann Jan, lässt sich neben mich auf die Erde fallen und dreht, *endlich Feierabend*, erst mal eine Tüte.

Zwei hübsche Touristinnen tauchen auf, stehen eine Weile in unschlüssigem Abstand, wagen sich dann vor und stecken rote Nelken in die Buchstaben. Natürlich versucht Jan sofort, sie um den Finger zu wickeln, aber zu ihrem Glück verstehen sie weder Englisch noch Deutsch.

Nach drei Zügen bin ich so bekifft, dass ich keine Kraft mehr für das Abendprogramm habe. Jan ist sauer. Wir waren fest verabredet, zusammen zur Podiumsdiskussion zu Ulrike Meinhofs zwanzigstem Todestag zu gehen, aber ich kann jetzt echt nicht mehr, wirklich. Bei Jan, der jeden Tag mindestens fünf Joints raucht, haut das natürlich nicht so rein. Ich fühle mich von einer Sekunde auf die andere unendlich müde und unendlich schwer, in meinem Hirn tanzen die Assoziationsketten. Ich will mich hinlegen und wegfahren, sprechen und schweigen, vielleicht auch eine Katze streicheln oder einen Schwanz oder besser schlafen oder Musik hören, am besten Iggy. Alles, alles, alles, nur nicht Manu Chao. Miles Davis? Kurz erschallt ein imaginärer Klangteppich aus Trompetenjazz. Die RAF, ach, was soll's. Mir erscheinen Fahndungsfotos in Schwarz-Weiß als Bilderreigen. War da nicht mal was mit einem Pudding?

War da nicht mal was mit einem Pudding? Irgendwer warf irgendwem einen Pudding in die Fresse. Rudi Dutschke dem Schah? Kunzelmann Brandt? Nein, nein, nein. Anders.

Ich lache irr, weil mir absolut nicht klar ist, ob ich das gerade nur gedacht oder laut gesagt habe. Und wenn ja oder nein, wie oft.

Stammheim war Mord. War Stammheim Mord?, denke oder sage ich, aber Jan, bemerke ich plötzlich, ist längst weg. Jetzt fällt mir wieder ein, dass er mich schon vor einer guten Viertelstunde mit den Worten *ich gehe jetzt* sitzengelassen hat.

Kunzelmanns Todesanzeige. Groß, ganz groß. Gute Aktion. Und Kunzelmann. Gutes Wort. Kunzelmann. Kunzelmann. Ich lasse die schmackhaften Laute in meinem Mund herumrollen wie Schokobonbons.

Etwas kitzelt mich am Handgelenk. Ein kleiner, schwarzer Käfer hat sich auf mich raufgeschwungen und ist nun auf dem Weg nach oben. Oder kam er eher von oben runter? Fragen, Fragen, Fragen. Ich setze den Minikäfer behutsam auf einem Löwenzahnblatt ab. Diese Prozedur dauert viele, viele Stunden. Aber ich schaffe es, schaffe es tatsächlich, das kleine Lebewesen ohne Beinverlust auf das grüne Podest zu bugsieren.

Hier hast du deinen Tanzboden, mein Freund, flüstere ich und bin sehr stolz auf mich, hurra. Wieder was geschafft. Und jetzt? Ich spüre Tatendrang. Ich rapple mich hoch und lasse mich ein paar Meter weiter wieder fallen. Im Gras liegt sich's so schön. Ich streichle die Halme und wäre gern zu Hause, weiß aber nicht, wie ich es dorthin schaffen soll. Und wo zu Hause überhaupt sein soll. Zu Hause im Behausten, da, wo es sich gut haust.

Ich hab dann wohl länger geschlafen, denn als ich aufwache, dämmert es bereits. Noch etwas benommen schwinge ich mich auf mein Rad und fahre los. Ich finde zwar nicht nach Hause, dafür aber den Zugang zu einem geheimen Planeten, einer riesigen Kraterlandschaft, die von kleinen Männchen in Blaumännern und gelben Helmen bewohnt wird. Sie wuseln in Baugruben herum. Kräne, Rohre, Kabel, Bauschutt. Wasser und Matsch, Rohbau-Silhouetten und Absperrbänder, so weit das Auge reicht.

Mir dämmert, dass ich gar nicht so weit gekommen bin. Ich bin noch immer in Berlin. Es ist nur so: Meine Stadt hat ein Loch. Na, das war ja klar. Sie hat viele, viele Löcher. Aber dieses hier, dieses hier ist wirklich gewaltig. Das größte Loch, das eine Stadt je hatte.

Womit wollen die das füllen? Womit nur wollen die das füllen?

Und dann passiert etwas Magisches: Aus den ungeheuren, unsichtbaren Boxen, die das Universum aufgestellt hat, erhebt sich eine pompöse Melodie, eine Melodie, die jeder kennt und die jeden verzückt, was ist das, was ist das nur, jetzt fällt's mir ein, Beethovens Neunte. Und die Kräne, die bis jetzt ruhig in der Mondlandschaft standen, sie fangen an zu tanzen. Erst traue ich meinen Augen nicht, denke, Mann, du bist doch noch restbekifft, das kann doch alles nicht wahr sein, doch siehe, sie tanzen tatsächlich! Wiegen ihre eisernen Schnauzen im Takt der Musik, drehen sich um sich selbst, ganz aufeinander abgestimmt, tanzen, tanzen, tanzen, so elegant, wie es Kräne eben vermögen. Für wen die Kräne tanzen? Natürlich nur für mich.

—

Rio Reiser ist tot. Anscheinend bin ich die einzige Person in dieser Stadt, die das kaltlässt.

—

Fabi ruft an und schildert mir sein neuestes Problem: Er hat was mit einem Siebzehnjährigen, dessen Eltern streng katholisch sind. Und die ihn anzeigen könnten wegen Verführung Minderjähriger. Ich versteh das erst nicht, *hä, warum, mit siebzehn ist man doch nicht mehr minderjährig*, aber Fabi schreit in den Hörer, dass das eben mein Problem sei, keine Ahnung von nichts, und wenn er zur nächsten Demo gegen den Paragrafen hundertfünfundsiebzig gehe und ich wieder zum Mitkommen zu faul wäre, kündige er mir die Freundschaft. Und dass für mich eben andere Regeln gelten als für ihn, weil er nämlich das Pech habe, pervers zu sein, und ich sage ihm, er solle sich abregen:

Falls dich der Dad deines geliebten Bosie wirklich anzeigt und du in den Knast wanderst, back ich dir einen Feilenkuchen. Und außerdem, stell dir mal vor, du im Kerker, an feuchtes Gemäuer gekettet. Und dann kommt so ein gut bestückter Kerkermeister und zeigt dir, wie man wirklich Master and Servant spielt, würde dir sicher gefallen.

Und Fabi muss zugeben, dass er das ein bisschen heiß findet. Er hat nämlich neuerdings die Freuden des Switchens entdeckt und weiß nun gar nicht mehr, in welche Arschtasche mit seinen ganzen Fähnchen. Und dann malt er sich das Szenario noch plastischer aus, mit einer Horde Typen, wie von Tom of Finland gezeichnet, Matrosen vielleicht oder tierfellbehängte Kämpfer, wüste Gesellen mit behaarter Brust. Jetzt bekomme ich selbst große Lust auf Kerker und tausche das mittelalterlich anmutende Dekor gegen etwas Moderneres aus, grüne Polizeiuniformen vielleicht, in der ein Paar dieser knopfäugigen türkischen Polizisten stecken.

Der Erste von ihnen nähert sich mir, weil ich jetzt plötzlich auch da bin, packt mich mit seinen großen Händen am Hals und drückt mich gegen die kalte Steinwand. Dann ruft er seinen Kollegen. Er zieht seinen Knüppel aus dem Gürtel und schiebt meinen Rock hoch.

Fabi schreit, hier steige er aus, ich solle gefälligst aus seiner Wichsphantasie verschwinden und meine gesamte Berliner Bullerei bitte mitnehmen, das müsse ich jetzt echt mit mir allein ausmachen. Und ich lege auf und mache die Sache mit mir allein aus.

—

Bei Bolle an der Kasse begegnet man manchmal einer Seelenverwandten, einer verträumten Gestalt mit großen Pupillen, deren Zehn-Mark-Schein sich beim Bezahlen verdächtig zusammenrollt. Man sieht sich stumm an, weiß, dass man nicht allein ist, dann geht jede wieder ihrer Wege.

—

Drei Uhr, Lennard ist sicher noch wach. In seinem Obdachlosenheim herrscht Ruhe. Die traurigen alten Männer ohne Zukunft liegen alle schon in seligem Suffkoma. Ich laufe durch den Flur, dessen Neonbeleuchtung dramatisch flackert, und stolpere ab und zu über einen grunzenden Bewohner. Lennards Zimmer, das nach Mottenpulver, Urin und schalem Bier riecht, ist zugestellt mit Kerzen, Teelichtern und Grablichtern, schlichten Haushaltskerzen, alten Weihnachtskerzen, dicken roten Stumpen mit Rentieren drauf. Inmitten des gespenstischen Lichtscheins sitzt Lennard und trinkt.

Ah, Larissa. Du kommst genau richtig zur Totenwache, sagt Lennard.

Wer ist gestorben?, frage ich. *Bill*, sagt Lennard. *Kam gerade im Radio.*

Was? schreie ich. *Unmöglich! Bill ist unsterblich! Wie kann er mir das antun?*

Schrei nicht, trink. Lennard reicht mir einen mit einer bräunlich-milchigen Brühe gefüllten Zahnputzbecher. *Das ist* Interzone. *Habe ich eigens zu diesem Anlass erfunden.*

Ich frage besser nicht zu genau nach, was die Zutaten für diese Weltneuheit von Getränk im Einzelnen sind. Ich proste Lennard zu und dann Bill, und dann trinke ich und gebe den Becher weiter, damit er trinken kann, weil er nur diesen einen Zahnputzbecher hat, und dann weinen wir tatsächlich ein bisschen, aber es ist uns nicht peinlich, wir trinken und weinen und lesen uns die besten Passagen aus Bills Werken vor, und die Kerzen brennen runter und verkleben den eh schon siffigen Teppich mit Wachs, und dann schneiden wir Fotos von Bill aus alten Bildbänden aus, *Life is a killer*, und verbrennen sie rituell in den letzten noch lebenden Flammen. Und zu guter Letzt fällt Lennard noch ein, dass Bill mal sagte, dass die Liebe ein von Frauen erfundener Schwindel sei, und ich antworte nur, wen immer er da gemeint haben mag, ich sei es nicht, denn ich, ich hätte die Liebe garantiert nicht erfunden. *Eh nicht*, meint Lennard.

Und wie geht's jetzt weiter? Jetzt, wo Bill über den Jordan ist, wer bleibt uns da noch? Nur mittelmäßige

Sackgesichter. Wir fühlen uns tot und begraben und vom Weltgeist im Stich gelassen.

Kurz fühle ich mich bei Lennard aufgehoben und geborgen, denn man kann über ihn sagen, was man will, eins ist er sicher nicht, ein mittelmäßiges Sackgesicht. Was in dieser Schweinewelt schon viel ist.

Irgendwann schläft Lennard über dem letzten Becher *Interzone* ein. Ich lasse ihn auf dem Ekel-Teppich liegen und schleppe mich hinaus in den Morgen.

Die Zombiemänner scheinen frühe Vögel zu sein. In den Fluren des Heims herrscht Hochbetrieb. Ein dürres Männlein mit roter Krawatte, das aussieht, als habe es sich mit den letzten aus seinem früheren Leben verbliebenen Klamotten für einen Gerichtstermin schick gemacht, steht soldatisch aufrecht am Eingang und lächelt mir zu. War vielleicht vor kurzem noch ein solider Bürger mit Heim, Job, Frau und Hund, bevor es dann durch seine Trinkerei in Bredouille geriet und der Erdrutsch des sozialen Abstiegs es mit sich riss. Oder war erst Jobverlust, dann Trinkerei? Egal. Frau und Hund haben längst ein neues Heim und halten sich diese verpisste Vogelscheuche mit einer einstweiligen Verfügung vom Leib. Er hat jetzt auch ein neues Heim, ein Heim, das er sich in seinen kühnsten Albträumen nicht hätte vorstellen können. Aber Gott sei Dank hat er sich bereits große Teile seiner Erinnerung weggesoffen, sodass er den Schmerz über den Verlust nicht mehr spürt.

Mal sehen, wo Lily steckt, denke ich und klopfe die Tresen der Besetzerkneipen der Umgebung auf ihre letzten Leichen ab. Überall geht das Leben weiter, als sei nichts geschehen, als hätte nicht gerade der letzte Beatpoet ins Gras gebissen. Gnadenlos dreht sich die Kugel weiter. Lily ist nicht auffindbar. Auf der Frankfurter Allee steht so eine arme Sau, die den miesesten Job der Welt abbekommen hat: Im fahlen Morgen mit einem Eimer bewaffnet Plakate an Litfaßsäulen leimen. Gerade leimt er ein Plakat an, das eine grinsende, gelbe Hand zeigt, die glückselig verkündet: *Fünf ist Trümpf.*

Und gerade, als ich mich im trüben Dämmer dieses widerlichen neuen Tages in eine Schwermut fallen lassen will, fällt mit Lawrence ein. Ja, Bill ist tot, aber Lawrence lebt noch, Lawrence ist noch da, und irgendwo da draußen, am anderen Ende der Welt, scheint ein warmes Licht, das Licht von Lawrence' Schreibtischlampe, das wie ein Leuchtturm in schwarzem Gewitter den Verlassenen und Suchenden und von der nackten Realität Enttäuschten Trost und Hoffnung und Zuversicht spendet.

—

Ich treffe mich mit Fabian in der sandigen Bar. Er ist ungewohnt ernst, nicht der kleinste dumme Witz kommt über seine Lippen. Und bleich ist er, fast milchfarben, was selbst für seine schlimmsten Katerzustände außergewöhnlich ungesund aussieht. Er trägt sein Camouflage-Outfit. Zwischen seinen Füßen klemmt eine Reisetasche, die vier schon stark ausgeblichene Ninja Turtles zieren. Ein seltsam kindisches Accessoire, wohl in einem verdrogten Moment ironischer Geschmacksverirrtheit auf dem Flohmarkt erstanden.

Was ist los?, frage ich.

Simon hat mich rausgeschmissen.

Also war Simon der Katholikenbubi dann doch eins zu viel. Fabian klagt, dass er Simon doch liebe. Dass er sich Sorgen um ihn mache. Was aus ihm werden solle, wenn keiner sich um ihn kümmere. Aber, aber. Dieses Gefühl. Der Rausch. Die Verzückung.

Na ja, so toll hast du dich auch nicht um ihn gekümmert, sage ich. *Warum schickst du den Bubi nicht in die Wüste?*

Er hat einen Namen. Er heißt Roman.

Okay, Roman. Jetzt folgt eine lange Rede über die Tiefe seiner Augen, die Zartheit seiner Schenkel und die Unabwendbarkeit des Schicksals. Alles ein bisschen drüber. Ich hab Katholikenbubi mit eigenen Augen gesehen, ein glanzloser Junge mit Basecap, wie sie zu Hunderten durch diese Stadt laufen. Und was ist jetzt der Plan?

Der Plan ist, dass ich erst mal mit Roman nach Barcelona trampe. Er ist nämlich seit vorgestern achtzehn, und jetzt können uns seine Alten mal. Wenn ich zurück bin, hat sich Simon vielleicht beruhigt.

Super Plan, sage ich finster, und Fabi guckt mich wieder mal an wie eine, die von Liebe keine Ahnung hat. Als wäre es so schwer zu begreifen, dass man einen Liebesverrat nicht dadurch mildert, indem man mit dem Lover nach Barcelona abhaut.

Fabi schultert seine Turtle-Tasche, verlässt die sandige Bar und winkt durch die Scheibe. Er lächelt, aber ich kann sehen, dass er weint.

—

Rummelsburg. Wo immer das sein mag, wir sind hier. Dachten, wir müssten mal raus, an die Luft, in die Natur, ins Grüne. Und so liegen wir nun hier, am See. Komische rote Wesen krabbeln herum, halb Käfer, halb Spinne. Wir drehen uns so, dass wir die Baugruben nicht mehr sehen, nur noch Himmel, Sonne, Wasser, Kies und eine schwächliche, kleine Birke; na bitte, Natur. Manchmal kommen sogar Boote vorbei. Ich liege auf dem Rücken, Lily auf dem Bauch, ich starre in den Himmel, Lily liest *Die Brüder Karamasow*. Die abgeschnippte Asche unserer Zigaretten versinkt im Wasser.

Lily also liest Weltliteratur, ich gucke Pornos. Innere, selbst gedrehte Pornos mit dem immer gleichen Hauptdarsteller. Ich habe Eric so lange nicht gesehen, dass mir das Bildmaterial, auf das ich zurückgreifen muss, uralt vorkommt. Ich denke an unser letztes letztes Mal, morgens gegen fünf, wir stolperten befreiend berauscht in einen Hauseingang, wo wir aneinander zerrten wie wilde Tiere, dann weiterstolperten, in den Hinterhof, wo er sich an eine Mülltonne lehnte, *zieh dich aus*, und ich mich auszog, bis auf die Stiefeletten, nackt vor ihm kniete, sein Hemd hochschob, seinen Bauch leckte, seine Gürtelschnalle öffnete, ihn anflehte, es mir zu besorgen, und er, komplett angezogen, auf mich herabschaute, sich an mir weidete, an meinem Warten und meiner Gier. Und ich rieb mich an seinem Bein, während ich ihn lutschte, rieb mich am Stoff seiner Hose, bis ich kam, und ich kam tatsächlich im selben Moment wie er, und unser Stöhnen hallte durch den Hof, der dunkel war bis auf ein einzelnes erleuchtetes Fenster, in dem sich eine Gestalt abzeichnete, ein stiller Nutznießer, und ich dachte noch, während ich schluckte, was für ein würdiges letztes Mal, was für ein gelungenes Ende.

Ein Typ in sonnengelbem Hemd stapft auf uns zu.

Ihr dürft hier nicht sein, denn das ist alles, alles Baustelle, informiert er uns streberhaft und fährt dann fort, etwas netter, *aber meinetwegen, ich hab euch nicht gesehen*, und beim Wegtrotten sagt er noch was von Füchsen, die es hier geben soll, fünf Stück.

Fünf Füchse? Glaub ich nicht, sagt Lily und versenkt sich wieder in der russischen Schwarte.

Ich kann nicht umhin, nach den Füchsen Ausschau zu halten. Die sich partout nicht zeigen wollen.

—

Warum wir heute hier sind, wissen wir nicht. Eine Kette aus Zufällen, Stimmungen und Begegnungen hat uns hergeführt. Alle vier sind wir irgendwann in grauer Vorzeit mit anderen Menschen, die uns längst verlustig gingen, in die Nacht aufgebrochen, einer Zeit, die so weit weg ist, dass wir uns an sie nur unscharf erinnern, sie uns vorkommt wie fremder Leute Leben. Die Gegenwart: Nebel und Techno und nackte Oberkörper. Wir tanzen schon Stunden, vielleicht auch Tage. Wir, das ist das temporäre, sehr fragile Wir aus einem Alex, einer Ludi, einem Bogdan und einer Larissa. Ein Wir, das die Nacht nicht überleben wird. Jetzt aber ist es stark, eine kosmische Verbindung, die alles überstrahlt, neben der alles andere klein und banal wirkt. Unsere Geschichte, unser Begehren, unsere sogenannten Eigenschaften, diese ganze Folklore haben wir abgestreift, um endlich pur zu sein. Wir sind das Wir, das da ist, die totale Gegenwart. Die Bässe wummern, ich kann partout nicht sagen, wie ich in diese durchgeknallte Messe Verstrahlter und Verzückter geraten konnte. Und es ist auch vollkommen, vollkommen egal.

Alex, der Helle, Ludi, die Zarte, Bogdan, der Hübsche, und Larissa, die Dunkle, eine glückliche, verschwitzte Familie. Ein Raumschiff hat uns gekapert und auf dem Planeten der andersartigen Klänge abgesetzt, Klänge, die mich sonst nicht erreichen, heute aber zu meinem Herzschlag werden. Morgen werden wir uns nicht mehr kennen. Aber wer hat gesagt, dass Dauer automatisch Tiefe bedeutet?

Wir sind die Generation ohne Abschied, aber wir wissen, dass alle Ankunft uns gehört, schreie ich Ludi ins Ohr. Der Satz ist geklaut, von Borchert, aber ich finde, dass er gut in unser Leben passt. Hätte er sicher nicht gedacht, dass seine Worte irgendwann mal, wenn er längst nicht mehr ist, in einem Technoclub erblühen werden. Konnte er sich ein Ding wie einen Technoclub überhaupt vorstellen? Wahrscheinlich nicht. Ich wiederum kann mir kaum vorstellen, wo sich die Jugend der Zukunft rumtreiben wird, so in hundert Jahren, wenn wir alle, die wir uns in diesem Keller selig wiegen, längst zu Staub zerfallen sind. Der Staffelstab wird weitergereicht, neue Orte, neue Drogen, neue Beschreibungen für alte Zustände. Ludi umarmt mich wie eine Schwester. Wir sind aufgehoben in einem großen, warmen All, und ich weiß längst nicht mehr, wo auf dem Stadtplan ich mich befinde.

Nach einer durchtanzten Ewigkeit fallen wir die Treppen hoch ins Tageslicht, die Kehlen pappig vom Rauch. Eine böse Helligkeit knallt uns ins Gesicht. Dann sehen wir sie. Gestalten, die am Straßenrand stehen und jubeln. Kurz sind wir in dem Glauben, sie jubelten uns zu, uns, den Helden der Nacht und des Exzesses und der Selbstauflösung und der Transzendenz, uns, die endlich auch mal bejubelnswert sind, aber dann entdecken wir die anderen, die in den bunten Sportklamotten, die in lockerem Trab die Straße runterkommen, in kleinen Rudeln. Die Menge johlt und ratscht mit Ratschen, die unsere chemisch überreizten Nervenzellen foltern. Wir starren auf die Gesunden, die Gesunden starren auf uns Kaputte, Tagwelt und Nachtwelt in unfreiwilliger Begegnung.

Bogdan wirft eine halbleere Flasche Bier nach den Athleten.

Lass die doch. Die halten uns für genauso bekloppt wie wir sie, sagt Alex voll Empathie und Wärme und Verständnis und Liebe.

Nun ist es Zeit, sich zu trennen. Wir fallen uns alle noch mal lange um den Hals und schwören uns ewige Freundschaft und Verbundenheit und wünschen uns ein schönes Leben, bevor wir unsere Sonnenbrillen aufsetzen und davonschleichen, jeder in eine andere Richtung.

—

Ich liege mit einem Bier auf einer von vermutlich schon vielen Generationen Ausflüglerärschen abgewetzten Grün-, eher Braunfläche. Die Sonne knallt mir ins Gehirn. Um mich lärmende Familien, ironisch aufeinander einschlagende Jugendliche und einsame, lüstern starrende Opas mit silbrigem Brusthaar. Mirko hat mich hierhergeschleppt. Er war so wütend, den Marathon letzten Sonntag verpasst zu haben, wegen hartem Kater, dass er beschlossen hat, ihn ein Wochenende später nachzuholen. Allein. Man bedenke: Harter Kater, das bedeutet bei ihm, in der *Matrosenklause* mit seinen Jurakumpels ein paar Biere zu viel gehabt zu haben. Wenn er wüsste, wie ich die Samstagnacht verbracht habe. Und wenn ich daran denke, dass er auch gut an mir hätte vorbeirennen können, als ich mit meiner Temporärfamilie verpillt im Morgenlicht stand, so danke ich dem Schicksal, das ihn den Startschuss verschlafen ließ.

Mirko hat sich ausgerechnet, dass fünf Mal um den Schlachtensee und die Krumme Lanke ungefähr eine Marathonlänge ergibt, und so dreht er jetzt wie ein Bekloppter seine Runden. Natürlich versuchte er, mich zum Mitmachen zu überreden, *das würde dir auch mal guttun*, aber ich schnaufte nur böse und sagte, das Größte, was ich in der Hinsicht für ihn tun könne, sei, ihn in dieses Freizeitinferno zu begleiten. So liege ich nun hier und schaue den Ameisen beim Kooperieren zu. Meine einzige Aufgabe ist, Mirko, wenn er an mir vorbeihechelt, eine Wasserflasche anzureichen. Er ist bereits in Runde drei. Ein gutgebauter, verschwitzter Mensch, der aus schierer Freude an seinem Körper mit heiligem Ernst durch die Hitze rennt.

Ich weiß nicht, was er in mir sieht, aber es ist mit Sicherheit nicht das, was ich bin. Ich rauche scheußlich schmeckende Kosmos-Kippen, die Vladi aus Russland mitgebracht hat. Mirko will in einer Woche an den Atlantik, und ich hab immer noch nicht gesagt, ob ich mitkomme.

Beim Starren auf den Mann, der hier Runde um Runde dreht, verdichtet sich die schon lange in mir dräuende Erkenntnis zu einer schwarzen Gewissheit. Ich bin hier falsch. Liebe ist nicht genug, man muss auch vom selben Schlag sein. Dieser gesunde, fröhliche Mensch liebt mich vielleicht. Aber verstehen wird er mich nie.

Ich muss gehen.

Und dann gehe ich.

—

Ich komme nach Hause und öffne die Tür zum Konradzimmer, weil ich dringend Lilys Beistand brauche. Aber Lily ist nicht da, an ihrer statt sitzen vier bunte Menschen im Kreis auf dem Boden, in ihrer Mitte Zigarettenschachteln und ein Häufchen Pillen. Ein Mädchen und drei Jungs mit hochgestellten Haaren und fremden Gesichtern.

Hey Larissa! Konrad sagt, wir könnten bei dir pennen, sagt eine dieser Knalltüten. *Deine Freundin hat uns reingelassen.*

An seiner starken Sprachfärbung hört man, dass er vom Dorf kommt. Mein Blick fällt auf die vier dreist ausgebreiteten Schlafsäcke. Ich nicke müde und setze mich zu ihnen, und sie wollen mir sofort was von ihren Drogen andrehen, aber ich hab keine Lust, denn es ist erst Nachmittag.

Sie sind wegen der Love-Parade hier und wollen mich partout zum Mitkommen bewegen. Aber ein Ort, an dem es von ihrer Sorte Tausende gibt, kommt mir nicht besonders reizvoll vor.

Danke, ich bin nicht so der Menschenmassen-Typ, sage ich und ernte nur verständnislose Blicke.

Die Provinz-Technos rappeln sich auf. Sie schlüpfen in ihre riesigen Turnschuhe, verlassen die Bude und bleiben vier Tage verschollen. Am fünften Tag sind ihre Schlafsäcke weg. Am Boden liegt ein Zettel mit einem großen *Danke!* und daneben, in einem Tütchen, eine hellgelbe Pille, die einzige Währung, die in ihrer Welt etwas zählt.

—

Leben minus Mirko.

Seit er weg ist, fehlt er mir, das alte Spiel, auf das keiner mehr reinfällt. Aber zu dem Verlustgefühl gesellt sich auch eine kleine, böse Leichtigkeit; irgendetwas in mir, weiß der Henker, was, wirft meiner Trauer Konfetti ins Gesicht. So bin ich alles gemischt: schwermütig und verzweifelt, da von allem Guten abgeschnitten, erleichtert und beschwingt, da von der tonnenschweren Bürde befreit, so zu tun, als sei ich anders, *someone else, someone good*.

Der Entwurf unserer möglichen Zweisamkeit: Mirko springt durch die Gegend und tut Gutes, ich schleiche verkatert hinterher. Oder ich werde auch ganz gesund und sportlich, und wir fahren ans Meer und bekommen viele, viele Kinder, die auch alle total gesund und sportlich sind und niemals ein Buch lesen, aber trotzdem die

Welt retten. Doch außer mir versteht keiner in dieser Familie, die Schönheit eines Rimbaud-Gedichts zu würdigen, und so werden wir uns fremder und fremder. Und irgendwann springe ich nach einer Nacht ohne Erregung aus dem Ehebett und fliehe ins nächstbeste Kino, in dem *True Romance* in Endlosschleife läuft, und komme nie wieder raus.

Besser ein Leben mit Lily. Jemand schenkt uns ein Anwesen auf dem Land, und wir hausen dort wie Edelkommunarden, laufen den ganzen Tag in pinken Bikinis und großen Diven-Sonnenbrillen durch den Garten und trinken Mint Juleps, ich schreibe Lily lange Monologe über den Tod, die sie an milden Sommerabenden den Amseln, Schnecken und Mäusen vorspielt. Männer haben eingeschränktes Besuchsrecht, Lennard darf kommen und Fabi und Jan und ab und zu Eric, der sogar morgens vor seinem Rausschmiss einen Kaffee bekommt.

Oder: Larissa und Janek. Wir gründen einen Salon, scharen all die schillernden Freaks um uns und schmeißen fette Gala-Diners in riesigen Industriehallen, die wir mit Grablichtern beleuchten. Mit seiner Energie steckt Janek alle an, wir ziehen als eine Art Abklatsch von Scott und Zelda durch die Gegend, aber die weniger kranke Version, die ohne Wahnsinn und Klapse. Und keiner schlachtet das Tagebuch des anderen für seine Geschichten aus, das haben wir nämlich nicht nötig, wir geben uns Raum und achten uns und finden uns beide gleich intelligent und gleich sexy und gleich begabt, und keiner muss im Schatten des anderen erfrieren.

Ja, wenn Janek endlich in der Stadt zurück ist, wird alles anders. Im Glanz von Janeks Präsenz wird auch die ganze Lächerlichkeit dieser Eric-Obsession grell zutage treten, der ganze Wahn zu Staub zerfallen. Das ist doch alles so billig, so durchschaubar. Der Besessenheit wurde hochwertiger Nährboden bereitet. Der Umstand, dass wir keine Telefonnummern von uns besitzen, uns nie verabreden, tagsüber meiden. Dass er sich entzieht und rarmacht, verboten ist, tabubehaftet, vergeben. Dass ich kaum etwas von ihm weiß, außer, dass er mich will. Dass ihm die Referenzen als großer Verführer und Ladykiller vorauseilten, bevor er mich überhaupt je angefasst hatte. Dass ihn dieser blöde sexy Akzent schon gratis erotisch auflädt. Dass seine Aura im Sud von hundert Klischees mariniert wurde, gewonnen aus etlichen französischen Romanen und Filmen. Dass nie Übersättigung eintritt, dass, egal, wie viel ich von ihm bekomme, es immer zu wenig ist.

Warum eigentlich er? Wer ist er? Ein Niemand. Er ist nur ein Zweig. Ein Zweig, den ich, formvollendet stendhalesk, in die Salzgrube geworfen und mit Kristallen veredelt wieder rausgezogen habe. Warum habe ich ausgerechnet diesen Zweig geworfen? Und was in mir war es, der den Zweig warf? Meine Muschi? Mein kaputtes Hirn? Oder paktieren die beiden hinter meinem Rücken gegen mich?

Wäre Janek in der Stadt, dann –

Aber Janek ist nicht da. Ich entwerfe ihn mir in mannigfachen Bildern. Janek, halb nackt im Schatten eines

Baumes liegend. Janek, der auf einer Strähne seines Rabenhaars kaut. Janek, der in einem weißen Hemd eine staubige Straße entlangschlendert. Ich bemühe mich, seinen Geruch herbeizuzaubern, eine Mischung aus Haut, Leder, Schweiß und Tabak. Ich male mir auch unsere Gespräche aus, denn Janek ist nicht einfach nur scharf, sondern auch klug. Nichts fehlt ihm, nichts muss an ihm, wie an den anderen, schmerzlich vermisst werden. Man kann nämlich sehr wohl gleichzeitig lieben und begehren, man muss nur den richtigen Mann dafür finden. Und ich, ich Glückliche, hab ihn gefunden. Ich phantasiere mir uns als seliges Paar herbei, aber die Bildarbeit ist ganz schön anstrengend. Sosehr ich mich auch auf Janek konzentriere, sein Bild entgleitet mir. Stattdessen kommt der Idiot immer wieder durch.

Wo ist der überhaupt?

Weg. In den Ferien. Sonst wo. Mit sonst wem. Wahrscheinlich mit dem Brett, das ihm noch mal verziehen hat. Mir egal. Mir egal, ob er seine Tage mit einer anderen verbringt. Mit ihr Essen geht, Schwäne füttert, ins Grüne fährt. Sie beschenkt, bekocht, seinen Eltern vorstellt. Mir egal. Mir sogar recht, sehr recht. Dann muss ich diesen lahmen Kram nicht mitmachen. Kann mich ganz aufs Wesentliche stürzen. Nicht egal ist mir, wenn ich das wenige, das ich will, nicht kriege. Ein paar Nächte. Nicht mal viele. Sagen wir: eine Nacht im Monat. Eine Nacht! Was ist schon eine Nacht, wenn man die gesamte Restzeit unbehelligt seinen Pärchenscheiß vor sich hin leben kann.

Die Sehnsucht kommt in Schüben, wie ein Fieberanfall. An manchen Tagen ist es besser, an manchen schlechter. Heute habe ich nur sechs Mal an ihn gedacht, das ist schon ein Erfolg.

Ich liege da und starre an die Decke, mein Körper fühlt sich kraftlos und blutleer an. Ich versuche, mir nicht zu viel anmerken zu lassen, denn Lily verachtet meine Sucht.

Seine Hände, seine Zunge, sein Schwanz. Seine Nase, seine Stimme, sein Blick. Seine Stiefel, sein Bauch, sein Hemd, seine Arme, sein Arsch.

Ich bin auf Turkey. Es ist, als müsste ich sterben. Der ganze Körper ein Mangel, der Stoff braucht. Ich kriege das Zeug einfach nicht aus der Blutbahn. Ich renne durch die Nacht und finde ihn nicht. Er ist weg. Wie vom Erdboden verschluckt. Wie nie gewesen.

—

Du bist mein Methadon, flüstere ich dem Schönen ins Ohr. Er guckt, als habe er sich verhört. Damit er nicht anfängt, blöde Fragen zu stellen, stecke ich ihm schnell zwei Finger in den Mund und lasse ihn langsam daran lutschen.

Ich habe den Schönen im *Moskauer Nächte* aufgegabelt. Er tanzte so durch den Raum und bot sich an. Helle blaue Augen, Grübchengrinsen, große, feine Hände. Hab mir gedacht, *den nehm ich mit, den brauch ich jetzt, wir werden doch mal sehen, wer am längeren Hebel sitzt, ich oder das Körpergedächtnis.*

Leider verliert der Schöne etwas, wenn er den Mund öffnet. Es kommen nämlich nicht so spannende Dinge heraus. Und seine Stimme klingt auch nicht so sexy, eher hell und klar und aufgeräumt wie ein Chorknabe. Und wenn. Er soll ja nur der Song sein, der einen anderen überspielt.

Bei mir angekommen, zieht er sofort mit den Worten *die Sonne geht auf* sein T-Shirt aus. Jetzt sehe ich erst das riesige Sonnen-Tattoo auf seinem Rücken. Wie oft er diesen Satz wohl schon gesagt hat, zu wie vielen Frauen, in wie viel ähnlichen Situationen? Erwartet er etwa von mir, dass ich amüsiert lächle? Na, dann tu ich ihm eben den Gefallen.

Er öffnet die Hose, ich nehme seinen Schwanz in die Hand. Er bewegt sein Becken ruhig vor und zurück, was ganz erregend sein könnte, aber mein Körper fällt nicht darauf rein, er bemerkt die Verarsche, ist sich zu gut, um mit Ersatz abgespeist zu werden, schreit nach dem echten Stoff. Ich schaue den Schwanz an, er sieht, trotz seiner Größe, traurig aus, wie er so in meiner Hand liegt und irgendwie der falsche ist, der falsche Schwanz am falschen Mann. Ich schaue am Schönen hoch, der aseptisch frisch geduscht riecht, nach Profiaufreißer von der Stange. Er hat glatte Haut und wohlgeformte Muskeln, schön, schön, schön, alles an ihm ist schön, ich bin verzweifelt, er streichelt mit mattem Finger meine Wange, als sei ich ein zerbrechliches Kind. Ich muss diese Farce jetzt irgendwie zu Ende bringen.

Geht schon, denke ich, als er in mich hineingleitet und anfängt, mich langsam zu vögeln. Kurz kommt es mir so vor, als könne ich die Kurve kriegen, mich in einem wilden, heißen Akt des Selbstbetrugs gehenlassen, aber ich spüre die Unstimmigkeit so sehr, dass ich anfange zu weinen. Methadonboy hält kurz inne und betrachtet mich ernsthaft besorgt, entscheidet sich dann aber wohl, meine Tränen als Zeichen der ekstatischen Ergriffenheit zu lesen. Dabei weine ich aus Wut, aus Wut darüber, dass ich ihn nicht begehren kann.

Eins zu null für das Körpergedächtnis.

Nur gut, dass zu seiner eingeübten Aufreißroutine auch das schnelle postkoitale Verschwinden gehört. Ich bleibe still in meinem Elend liegen. An mir klebt der Geruch des Sonnengotts, den anzubeten ich nicht in der Lage war. Mir ist schlecht, aber ich halte tapfer den Würgereiz zurück, jetzt nicht noch neben das Bett kotzen, das wäre allzu jämmerlich, das kann ich mir nicht antun. Ich schließe einen Pakt mit mir, dass jetzt Schluss ist mit dem Geheule, dass ich mir Eric aus dem System reiße, für immer. Aber, denke ich, irgendwann muss er ja mal wieder auftauchen, muss er zurückkommen, und ein Mal, ein Mal werde ich ihn noch besuchen, damit er alles mit mir machen kann, was meinen Bilderspeicher auffüllt, für die mageren Jahre. Der Tag wird kommen, an dem ich ihn nicht mehr will. An dem ich übersättigt bin und seiner überdrüssig. Und diesen Tag, den werde ich begrüßen, mit Freudenfeuer und Korkenknallen und Schampus und Fanfaren; ich werde eine dicke Party schmeißen, werde wieder frei sein. Ich muss nur warten, hier noch ein bisschen herumliegen und warten. Und beten, dass seine Lust auf mich meine Lust auf ihn überlebt. Ich will dieses Spiel nicht verlieren und als Bedürftige zurückgelassen werden, bitte, bitte, bitte nicht, so jammere ich versoffen und notgeil vor mich hin wie die letzte dumme Gans.

Dann schlafe ich ein bisschen, wache wieder auf und vermisse Fabi, der in solchen Lagen immer einen tröstenden Spruch auf Lager hat, so was wie *auch andere Mütter haben schöne Söhne* oder *Monogamie ist Hetenscheiße.*

Ich rufe bei Simon an, aber keiner nimmt ab. Keine Ahnung, wann Fabi zurück sein wollte. Er ist jetzt schon mehrere Wochen weg. Vielleicht hat er sich auch für immer auf und davon gemacht, bei den rund um die Uhr auf den Tischen tanzenden Südländern ein neues Leben angefangen. Wenn ich mir Barcelonas Bewohner vorstelle, sehen alle aus wie Figuren aus einem Almodóvar-Film. Da passt Fabi ja sehr gut rein. Nur Katholikenbubi müsste noch an seinem Glam-Faktor arbeiten, um mit den bunten Freaks mithalten zu können. Falls es ihn überhaupt noch an Fabis Seite gibt. Sicher wurde er schon längst gegen ein frisches, spanisches Exemplar ausgetauscht. Simon tut mir leid. Ich wähle wieder seine Nummer. Das monotone Tuten des Freizeichens macht mich schwermütig. Ich lege den Hörer auf die Gabel und mich gleich daneben.

—

Ein Kumpel von Chrissy, der dort als Türsteher arbeitet, hat uns ohne Tickets in die Columbiahalle geschmuggelt.

Wir stehen ganz vorne, in der Masse eingezwängt, und sehen dem Iggy-Körper zu, wie er über die Bühne fegt.

Dem drahtigen, sehnigen Iggy-Körper, vernarbt und geschunden, tausend Mal in Glassplittern gewälzt, tausend krasse Liebesakte hinter sich, tausend krasse Auftritte, tausend Abstürze. So viele Vergiftungen, so viele Highs und so viele Auferstehungen. Iggy rudert mit den Armen, die Adern treten vor, er hüpft, er springt, dynamisch wie ein Flummi, mit flatterndem Flachshaar. Ein unzerstörbares Stück Fleisch, alt, zerknittert und verlebt, unermüdlich dampfende Seele, lebendig wie eine Koppel Pferde. Ein Körper, der gebraucht wurde, genutzt und verschlissen. Ein Körper, der Medium für Aufpralle und Zusammenstöße war, für Unfälle und Karambolagen. Immer im Einsatz, niemals geschont.

Ich hab die Schnauze voll, mit alten Transvestiten abzuhängen, singt Iggy und sieht selbst aus wie ein alter Transvestit. So ein Gesicht bekommt man nicht einfach so über Nacht, so ein Gesicht muss man sich verdienen, durch harten Exzess. *Ich lebe von Hundefutter, Hundefutter ist gut für dich*, singt Iggy. *Dieses verdammte Sozialleben ist als Spaß verkleidete Folter*, singt Iggy. *Neugier tötete die Katze, aber Befriedigung brachte sie zurück*, singt Iggy. *Ich brauche mehr, wie repariert man ein gebrochenes Herz, kann deine Muschi sprechen*, singt Iggy. *Ich habe einen Wurm tief in meiner verstörten Seele*, singt Iggy. *Ich hüpfe wie ein Frosch, bin störrisch wie ein Esel, fühl mich wie ein Pferd*, singt Iggy, der auch ein bisschen aussieht wie ein Pferd, ein weises, schelmisches, weitgereistes Pferd. *Ich bin cooler als 'ne Pepsi, klüger als MTV, heißer als Kalifornien, billiger als ein Gramm*, singt Iggy. *Bla bla bla*, singt Iggy.

Und Iggy hüpft und krampft und schlittert und zappelt.

Und Iggy zieht die Hosen runter und schwenkt seinen riesigen Penis und hält seinen Godfather-of-Punk-Arsch in die Menge. Gesten, die bei jedem anderen abgestanden und peinlich wären, nur bei ihm bekommen sie ihre ursprüngliche Bedeutung zurück, nur bei ihm wird allen wieder klar, was damit mal gemeint war. *You have one fucking chance to live!*, schreit Iggy uns an, so, als könnten wir diese Tatsache auch nur eine Sekunde lang vergessen.

—

Am Vormittag besuchen mir Ahmad, Anisa und das Baby. Sie wohnen in Lichtenberg und schimmeln den ganzen Tag vor der Glotze ab. Am Nachmittag schauen wir kurz auf dem Straßenfest in der Kreutziger vorbei, wo die üblichen verlotterten Besetzergestalten sich ihre üblichen Biere in den Rachen kippen. Danach setzen wir uns noch ein bisschen ins Café *Unfall* und suchen alle Zeitungen nach Jobs ab, finden aber nur Sachen, bei denen man wirklich arbeiten müsste. Also kaufen wir lieber Rubbellose. Den Abend bringen wir mit der dreistündigen Radio-Brandenburg-Sendung *Balladen, Blues und leise Lieder* rum, für die Nacht wechseln wir zu Klassik und ernsten Gesprächsthemen. Wir rubbeln unsere Rubbellose auf. Nur Nieten.

Der blöde Marius ruft an und lädt uns zu seiner Party ein. Einer Mottoparty. Alle sollen verkleidet kommen, als Feen und Elfen. Feen und Elfen! Wir sagen *super, danke, toll*, aber natürlich gehen wir nicht hin. Dass er uns nach unserer Flucht aus seiner Lesung überhaupt einlädt, zeigt, wie verzweifelt er sein muss. Lily hat gesagt, dass Konny gesagt hat, dass Marius ihm erzählt hat, dass er an einem Gedichtband arbeitet, den er *Permutationen der Liebe* nennt.

Na dann. Viel Glück.

Um Mitternacht bekomme ich Lust, zu telefonieren, aber weiß nicht, mit wem.

Ich glaube nicht, dass wir es jemals schaffen werden, unseren Lebensstil zu ändern.

—

Es ist vielleicht fünfzehn Uhr, recht früh für die Bar ohne Kühlschrank. Ich sitze mit Gregory auf dem Bordstein in der Sonne. Eine zarte Anbahnung, die sowieso scheitern wird. Ich sehe in sein liebes Gesicht und höre seine ritterlichen Angebote und seine feinen Witze und denke *schade, schade, schade um diese Verschwendung von Esprit.* Ab und zu kommt eine verschlissene Gestalt vorbei und schnorrt eine Kippe. Sommerende in Friedrichshain.

Und da, da ist er. Aufgetaucht aus dem Nichts. Sieht braun aus, dunkler als sonst. War wohl im Urlaub. Ist allein. Sieht mich. Tut so, als sähe er mich nicht. Das alte, dumme Spiel. Geht an mir vorbei in die *Bar.*

Ich will ihm sofort hinterherrennen, aber das gönne ich ihm nicht. Bleib ich eben auf dem Bordstein sitzen. Die falsche Tageszeit verwirrt mich. Ich verabschiede mich hastig vom enttäuscht guckenden Gregory, stehe auf und gehe. Gehe exakt in die Gegenrichtung, in die es mich zieht. Ich brauche Zeit zum Denken, aber Denken geht nicht mehr.

Also gehe ich erst mal nach Hause und rauche. Ich lege mich auf den Teppich und denke, wenn ich nur lange genug hier liege, ganz, ganz lange, dann wird irgendwann alles anders. Irgendwann wird so viel Zeit vergangen sein, so unendlich viel Zeit, dass ich und die Welt und die Verhältnisse sich völlig verändert haben. Ich schließe die Augen und warte. Aber als ich sie wieder öffne, ist es immer noch hell. Also gehe ich ins Kino.

Der Typ aus der Jeanswerbung ist inzwischen Filmstar geworden. Sein blutverschmierter Heldenkörper elektrisiert den gesamten Film. Trotzdem würde ich mich immer für den anderen entscheiden. Den Dünnen, Blassen, Dunkelhaarigen.

—

Mit Tyler Durdens Weisheit *Alles, was du besitzt, besitzt irgendwann dich* im Hinterkopf betrete ich die *Bar*. Da steht er. Schon wieder, immer noch? Wie kann man nur so lange in einer beschissenen Bar stehen. Ich trinke extra deutlich einen Wodka und verlasse die *Bar* extra deutlich. Laufe extra deutlich und extra langsam die Straße herunter, bis Eric hinter mir herschreit. So berechenbar. Gott sei Dank so berechenbar.

Wir schreien uns ein bisschen an, dann läuft er weg, ich hinterher. Ich hole ihn ein, wir schreien weiter, ich renne weg, er hinterher. Ich bleibe stehen, wir versöhnen uns und sagen uns alles. Ich nehme Anlauf, springe über meinen Stolz und sage ihm, wie sehr ich ihn vermisst habe. Eric lacht, aber nicht überheblich, eher verständnisvoll und geschmeichelt und überrascht und erfreut, und zum ersten Mal kommt mir in den Sinn, dass er ja von der Tiefe meiner Leidenschaft nichts wissen kann. Und auch er gibt zu, wie oft er an mich denken musste, na bitte, gut, dass wir mal drüber reden. Es war so, dass er's noch mal versucht hat mit dem Brett. Sie sind eine Weile missmutig durch die Provence gewandert, aber es ließ sich einfach nicht mehr kitten. Erst schwiegen sie, dann stritten sie, dann warf das Brett seinen Rucksack vom Berg.

Da muss ich dann doch leider lachen.

—

Heute Morgen sind seine Augen ganz besonders grün, und Eric guckt, wie nur Eric gucken kann, schräg von unten, fragend, bevor er überhaupt eine Frage gestellt hat. Und dann fragt er mich, ob ich frei sei, und ich weiß nicht, was frei sein soll. Natürlich bin ich nicht frei. Wer ist schon frei? Aber die Frage war wohl weniger philosophisch gemeint.

Ich sage: *Ich hab keinen Freund, falls du das meinst.*

Ich denke kurz wehmütig an Mirko. Und gleich danach an Janek. Ich würde Eric gern sagen, wie schwer er mir die Sache mit dem Freundhaben macht, aber das ist nicht mehr wichtig, denn jetzt wartet er mit einer einfachen Lösung auf. Er sagt doch tatsächlich:

Wir könnten es ja mal miteinander versuchen. Also, richtig.

Ich schweige lange, von der Wucht dieser Idee zu Boden gedrückt. Ich sehe in seine blitzenden Augen und spüre heißkalt, wie Verlangen meinen Körper flutet. Ich sage:

So, wie es ist, ist es doch gut, gebe ihm einen Kuss auf die Nasenspitze und gehe.

Ich liebe ihn nicht.

HERBST

Und wir erleben den perfekten Herbstabend. Wir sitzen auf dem Dach einer ausgeweideten Fabrik an der Spree, bereits in warmen Mänteln, ich in meinem alten schwarzen Perser, Lily in einem dicken Ungetüm aus Wolle, das ihr trotz ihrer Bohnenstangenhaftigkeit das Aussehen eines Braunbären verleiht.

Wir rauchen, trinken Bongeronde und fragen uns, wer uns spielen sollte, wenn unser Leben ein Film wäre. Ich sage: Lili Taylor. Lily sagt: Uma Thurman.

Und was wäre der Soundtrack deines Lebens, also, wenn du nur einen einzigen Song wählen könntest?, fragt Lily.

Ich überlege. Das ist eine ernste Frage, die nicht leichtfertig falsch beantwortet werden darf. Ich schließe die Augen, lasse meine besten Momente an mir vorüberziehen, auch die dramatischen und schwarzen, die komischen und absurden, sitze still da und lausche, wie mein Leben klingt.

In the Death Car. Eindeutig.

Lily stöhnt, schon wieder *Arizona Dream*, schon wieder Iggy, ich müsse auch mal über das Alte hinauswachsen, meinen Geschmackshorizont erweitern, mich dem Neuen öffnen.

Finde ich ja nicht.

Und sie, sie entscheidet sich für *Quicksand* von Bowie. Ha, ganz schön sophisticated. Dagegen muss ich mit etwas Prollkultur anarbeiten und lege die Rammstein-CD in unseren kleinen blauen Player, den wir mit Batterien bestückt und mitgebracht haben. Nach wenigen Takten wird es Lily zu viel, die drischt das CD-Deck auf, fingert die CD raus und wirft sie in hohem Bogen vom Dach, elf Stockwerke tief. Recht hat sie, trotzdem singe ich noch ein bisschen, *jetzt stehst du da, an der Laterne, mit Tränen im Gesicht!*, um sie zu ärgern. Lily jault auf und wühlt hektisch in der Tasche mit den CDs.

Ein Sturm kommt auf, und es ist Herbst, brülle ich.

Lily hält mir den Mund zu, schafft es aber nicht, mich zum Schweigen zu bringen. *Herbst, Herbst, Herbst*, brülle ich durch ihre Hand hindurch. Lily lässt mich los und legt eine neue CD ein. Bowie. Welche Überraschung.

Jetzt will sie wissen, was wir heute Abend machen. Ich präsentiere die Auswahl:

Party bei Sophie.

Kiezdisco im Fischkeller.

Ins Kino gehen und *Lost Highway* gucken.

Zu Hause bleiben und Brautigan lesen.

Oh, so viele Möglichkeiten, sagt Lily und lässt sich auf den Rücken fallen. Und ich, ich lege mich neben sie, und so schauen wir in den gauloisesschachtelblauen Himmel, bis die Sonne untergeht und uns die Nacht in samtene Schwärze hüllt.

—

Lennard im Krankenhausbett, dünn wie ein Ästlein, bleich wie ein Geist, entkräftet und entgiftet.

Dass dies nun seine letzte Chance sei, so die Ärztin. Lennard hebt in schwachem Protest die Ast-Arme. Dafür sei er nicht nach Berlin gekommen. Er rutscht aus dem Bett und tappt in seinem lächerlichen Krankenhausleibchen Richtung Toilette.

Und Sie sind also die Freundin?, fragt die Ärztin. Ich mache ein entsetztes Gesicht und wische mit den Handflächen eine maximale Verneinung in die Luft.

—

Ich weiß nicht, wie oft ich inzwischen versucht habe, Simon zu erreichen. Nie nimmt jemand ab. Dass Fabi sich nicht meldet, ist irgendwie typisch. Er amüsiert sich in Barcelonas Clubs sicher prächtig. Doch was ist mit Simon? Wir waren nie besonders dicke, aber ein bisschen mulmig ist mir schon. Ich fahre zu seiner Wohnung und klingele Sturm. Keiner macht auf. Kurz denke ich einen schwarzen Gedanken, den schwärzesten, den ich in Bezug auf Simon denken kann. Aber sicher ist alles in Ordnung. Wahrscheinlich hat er einfach keine Lust, jemanden zu sehen.

—

Irina steht inzwischen allein hinter der Bar. Seit Vladi nicht nur säuft, sondern auch an der Nadel hängt, schafft er es nicht mehr, ihr zu helfen. Jetzt steht sie da und vergeudet sich, ihre Jugend, ihre Kraft, ihr Leben, zwischen warmem Wodka und nassem Hund. Dabei wollte sie immer nur einen halbwegs normalen Job.

—

Etwas Unfassbares ist passiert: Mein Leben scheint im Lot zu sein. Ich habe alles, was ich brauche. Ich habe Lily, dieses versponnene Ungeheuer. Ich habe Eric, diesen Fremden, der nachts mir gehört. Ich habe Janek, dessen Ankunft immer näher rückt. Und ich habe Jack und Bill und Philippe und Charles den Ami und Charles den Franzmann und all die anderen wissenden und erhabenen Verrückten, die mir aus dem Totenreich heraus Beistand leisten. Jetzt nur noch schnell alle Blockaden überwinden. Jetzt nur noch schnell sich selbst besiegen.

—

Heute, ich spüre es, ist ein guter Tag. Ein Tag für große Taten und frische Herangehensweisen. Ein Tag, um zu wachsen. Ein Tag, um sich zu häuten. Ein Tag, um seinem Leben eine neue Wendung zu geben.

Das Semester hat zwar schon vor ein paar Wochen begonnen, aber es ist nie zu spät für einen Neuanfang. Ich ziehe meine Schuhe an, greife meine Tasche und stürme hinaus. Draußen wird mir bei einem Blick auf die Uhr klar, dass ich die *Einführung in die Ur- und Frühgeschichte* schon wieder versäumt habe. Was soll's. Es gibt noch genug anderes zu tun.

Ich betrete das Universitätsgebäude mit normalem Pulsschlag. Laufe durch die Flure, völlig entspannt! Ich laufe auf und ab, hin und her, atme ein, atme aus, ohne Herzrasen, Panikattacke, Schweißausbruch und Übelkeit. Ich laufe herum, als gehörte ich hierher. Ich laufe und lächle und grüße Entgegenkommende mit lässig erhobener Hand. Das ist er, das ist der Sieg. Ich hab zwar meine Vorlesung verpasst, aber das macht nichts. Ich gehöre dazu, zu einer Gruppe. Sie nennen sich *Studenten.* Wunderbar.

Ich entdecke einen Jungen im Flur, der ein wenig verschroben aussieht und beim Gehen lustig mit den Armen schlenkert. Da ich gerade nichts Besseres vorhabe, verfolge ich ihn durch die Flure. Er verschwindet in einem Seminarraum, ich folge ihm, denn ich bin ja jetzt cool und neu und unverwundbar und kann jedwedes Seminar besuchen, das ich will.

Viele Plätze sind frei. Eine Frau mit Kurzhaarschnitt sitzt auf dem vorderen Tisch, lässt jovial die Beine baumeln und schaut uns freundlich an. Ihren Worten entnehme ich, wo ich mich befinde: in einem Baudelaire-Seminar.

Ich schaue mich um. Armer Charles. *Wenn der Himmel tief und schwer wie ein Deckel auf dem stöhnenden Verstand lastet*, dann schwebst du als Gespenst über dem Seminar zu deinen eigenen Gedichten und grämst dich so sehr über die Streber, die sich über dein Werk hermachen, die Mädchen, die den Seminarschein für ihre Beamtenkarriere brauchen, die Jungs, die glauben, mit etwas Kenntnis der französischen Lyrik besser bei den

Mädchen landen zu können, dass du dich aus Wut und Verzweiflung in ein Nichts auflöst.

Deine letzte Chance ist dieser Junge da. Dieser süße Verpeilte, der jetzt tatsächlich sein Bündel Papiere packt und nach vorne marschiert.

Aha, er hält ein Referat. Aber er hat die Hälfte seiner Unterlagen vergessen, wie er stotternd gesteht. Er wühlt in seinen wirren Papieren, wird ein bisschen rot, quatscht dann aber freestyle drauflos, begeistert von der Sache.

Es ist offensichtlich: Ich habe es mit einem Seelenverwandten zu tun. Einem Verbündeten, Gleichgesinnten. Während er spricht, bin ich ganz ruhig. Dann folgt die Stille nach dem Referat. Ich könnte mich ja melden und was Kluges sagen, aber das wär dann doch etwas zu viel verlangt.

Nach dem Seminar setze ich mich auf einen sinnlos im Flur stehenden Tisch und rauche. Der lustige Junge kommt des Wegs, verlangsamt tatsächlich seinen Schritt und setzt sich neben mich. Oh Tag der Wunder! Er fragt, ob ich irgendwie neu sei im Baudelaire-Seminar. *Ich bin nur auf der Durchreise*, sage ich blöd und biete ihm eine Gauloise an. Eine Gauloise, die ich wie ein ordentlicher Bürger zum vollen Preis am Kiosk gekauft habe. Der Typ fragt, wo ich mich wochenends so aufhalte. Schlagartig bin ich ernüchtert. Ich denke an Mirko und die Unvereinbarkeit der Welten. Ich kann diesen gutgelaunten Menschen unmöglich in die dunklen Ecken meiner Nachtvergnügen zerren. Wie kam ich überhaupt darauf, ihn mit einem Gleichgesinnten zu verwechseln? Nur, weil er ganz nett aussieht, gut spricht und in dieser Umgebung auch ein bisschen verloren wirkt? Reines Wunschdenken. Wer weiß, welch konventionellen Ziele und mediokren Wünsche ihn hierhergeführt haben.

Ich stelle ihn mir auf dem Sperrmüllsofa der Bar ohne Kühlschrank vor oder nackt auf meiner verlausten Matratze. Das Bild stimmt nicht. Mir wird klar, dass ich diesen zarten Keim der Zuneigung sofort zertrampeln muss. *Leider muss ich los*, sage ich, springe vom Tisch und laufe nach draußen.

Was für ein Irrtum. Natürlich gehöre ich nicht dazu. Ich kann mich nicht überwinden, Charles an seine Leichenfledderer zu verraten und mich an einen wie auch immer gearteten Zukunftsplan.

Ich laufe an die Spree, setze mich ans Ufer, rauche eine Beruhigungszigarette und schwöre einen heiligen Eid: Das war mein letzter Anpassungsversuch. Das war mein letzter, allerletzter Besuch eines Universitätsgebäudes. Ab jetzt werde ich frei sein, kaputt, erlöst, dem Untergang geweiht.

—

Später Abend. Ich komme von Jan, der mir erzählt hat, dass sie ihn aus dem Marxistisch-Leninistischen Studentenbund geworfen hätten, wegen seiner, wie sie sagten, pathologischen Fixierung aufs Sexuelle. Ich habe gelacht, bis mir der Bauch schmerzte, gelacht und gelacht und gelacht, und irgendwann, da hat Jan dann auch mitgelacht.

Das ist exakt das, was Reich vor sechzig Jahren passierte, als er aus der Kommunistischen Partei Österreichs ausge-

schlossen wurde, weil er Sexualaufklärung für Arbeiter anbot, sagt Jan.

Und ich, *na siehst du, noch nie warst du deinem Idol so nahe*, und schiebe hinterher, *was passiert denn schon groß Neues? Nichts. Alles wiederholt sich.*

Ich bin schon auf dem Heimweg, da denke ich, so, nun noch einen kleinen Abstecher in die *Bar*, dann ist es ein runder Tag. Eric ist da. Alles vibriert in mir vor Freude. Allerdings hängt ihm etwas extrem Störendes um den Hals. Etwas Blondes. Ich hoffe, dass es nur ein Aufriss ist. Aber nein, so wie sie ihn anschaut, scheint es was Festes zu sein. Na ja. Freundinnen kommen, Freundinnen gehen, die Geliebte bleibt. Trotzdem fühle ich einen Stich. Ich besehe sie mir genau: Modell hübsche Puppe. Eine der Frauen, die sich nie was trauen werden im Leben. Eine der Frauen, neben der man in zwei Jahren aufwacht, sich die Augen reibt und sich fragt, welcher Hormoncocktail aus der Hölle einen einst an dieses mittelmäßige Wesen kettete. Andrerseits: Eric ist ja auch mittelmäßig. Sie passen also sehr gut zusammen. Ich bin kurz davor, rüberzugehen und ihnen zu gratulieren.

Es ist ja eh so, dass er auf diese Barbies zum Angeben steht und nicht auf mich. Ich bin viel zu speziell für ihn. Soll er diese Bräute meinetwegen im Sonnenschein spazieren führen, wenn sein Ego so dringend was Anschmiegsames an seiner Seite braucht, bitte, ich brauche schließlich, im Grunde meines Herzens, auch was anderes. Was Interessanteres, Klügeres. Einen wahren Verbündeten. Einen, der er nie sein kann.

Ja, tagsüber und nüchtern sind wir eh nichts für uns,

alles zu seiner Zeit und jeder, was ihr gebührt. Alle dämlichen Tussen dieser Erde können ihn tagsüber gerne haben und meinetwegen bis in den späten Abend hinein, für ihre halbgaren Bemühungen. Nur die Nacht, die überlassen sie besser mir.

Ich passe den Moment ab, wo Barbie auf dem Klo verschwindet, um Eric zur Rede zu stellen.

Was ist das?, frage ich, *eine Friseuse?*

Eric sieht mich an, zum ersten Mal wütend, zum ersten Mal so, als würde ich nerven.

Nein, Larissa, sie ist keine Friseuse.

Punkt. Das war's. Ende der Rede. Er schweigt mich an, wendet sich ab. Doch als ich einfach nicht gehen will, einfach neben ihm stehen bleibe, sagt er noch:

Das mit uns, das hört jetzt auf.

Ich traue meinen Ohren nicht. Und ich, ich sage:

Nein.

Sag einfach so *Nein*. Das ist keine Bitte und keine Frage. Es ist ein nacktes, pures, nicht verhandelbares Nein.

Eric fängt an zu jammern *Larissa, ich kann nicht mehr. Bitte.*

Und ich, *wie, du kannst nicht mehr? Immer alles gevögelt und jetzt plötzlich kannst du nicht mehr?*

Die falsche Friseuse kommt vom Klo zurück. Sieht mich, sieht mich an, und in diesem Moment weiß ich, dass sie weiß, wer ich bin. Ihr Blick ist blanker Hass. Der Blick des Terriers, der bereit ist, seinen Knochen bis auf den letzten Blutstropfen zu verteidigen.

Ich brauche Luft, stürme in die Nacht. Draußen laufe

ich ein bisschen sinnlos durch die Straßen. Schwarze, kahle Bäume greifen ins Nichts. Den Straßenrand säumen endlose Selbstmord-Beton-Komplexe. Ab und zu begegnet mir eine andere arme Menschenseele, die da draußen im Herbst herumirrt, eine Kapuzenpulli-Gestalt, eine tütenbepackte Oma, ein Alki, der seinen Pitbull ausführt.

Oh Gott, er wird spießig, er will treu sein. Entdeckt die Freuden der Monogamie. Wegen diesem dürren Ding da. Das kann, das darf einfach nicht sein. Das ist so falsch, so falsch, so falsch; das Falscheste, das je ein Mensch entschieden hat. Wie kann man nur so dumm sein. Ich bin das einzig Interessante in deinem miesen, kleinen Leben, denke ich. Ich wünsche mir seinen Kopf auf einem Silbertablett.

Ich laufe und laufe, laufe sogar so weit, dass ich am *International* vorbeikomme und am hässlichsten Platz der Welt ende. Ich entscheide mich für ein gewagtes soziales Experiment und betrete eine dieser Ranzkneipen im S-Bahnhof. Die armen Wichte, die hier sitzen, können nicht mal mehr die kaputte Eleganz eines Revoluzzertums für sich verbuchen. Es sind glanzlose Säufer ohne Nimbus und Prestige.

Guten Abend, sage ich beschwingt und bestelle mir, ich experimentiere ja, ein Weizen plus Korn. Herrengedeck de Luxe. Ein neuer Versuch, dumpf und still am Tresen über seinem Schicksal zu brüten, ohne dass ein notgeiler Sack des Wegs kommt und einem den schönen Weltschmerz kaputtlabert. Das scheitert natürlich sofort, der notgeile Sack lässt nicht lange auf sich warten, er löst sich aus der Tiefe des Raumes, schleicht heran und klemmt sich neben mich.

Hallo, schöne Frau, warum so allein?

Ich kehre ihm demonstrativ den Rücken zu.

Ich bin behindert, erkläre ich dem Barmann mit Bürstenschnitt, der es nicht hören will, *mein Geschlecht wird von deinem Geschlecht am stilvollen Abhängen behindert.*

Er schaut mich an wie einer, der es leid ist, Nacht für Nacht die große Tonne für Seelensondermüll zu spielen.

Ich wär auch gern Humphrey Bogart, aber ihr lasst mich ja nicht, sage ich noch. Dann habe ich Mitleid mit ihm und gehe.

Ich laufe noch etwas herum und schaue mir die dunklen Auslagen der Konsumschuppen an, vollgestopft mit Dreck, den kein Mensch braucht, zum Beispiel Turnschuhe. Wer, der nicht turnt, braucht bitte Turnschuhe?

Nicht viel los auf dem hässlichen Platz. Ein zeternder Schwarzer kommt vorbei, der auf was weiß ich was drauf ist.

Die Faschos werden immer mehr, schreit er mich an, bevor er in der Düsternis eines U-Bahn-Schachts verschwindet. Ich fange an zu weinen, höre aber gleich wieder auf, weil mir einfällt, dass es im Grunde nichts zu weinen gibt. Nur zu feiern. Ich wollte ihn immer los sein, jetzt hat das Universum mich erhört, also bitte, was soll das, was soll dieser Blues, das ist doch gar kein echter Schmerz, sondern nur gekränkte Eitelkeit. Ich sah mich immer als Frau, die für Ausnahmemänner reserviert ist, für die Genialen, Verrückten und Besonderen, nicht als Beute für dahergelaufene, mäßig interessante Barflys. Also, ist doch alles bestens.

Ich gehe den weiten Weg zurück, zurück zur Bar ohne Kühlschrank. Dort sitzen sie noch immer, Eric und die falsche Friseuse, als sei keinerlei Zeit verstrichen, hingepappt an den Tresen. Sie nippt an ihrem Mädchengetränk, kichert blöd und betatscht Erics Arm, als gehöre er ihr. Und Eric, Eric sieht so verdammt glücklich aus, dass ich kotzen könnte.

Alle schauen mich an, als ich durch die Tür trete, ein bisschen wie im Western. Und dann treffe ich eine Entscheidung. Ich geh auf die falsche Friseuse zu und stoße sie vom Hocker.

—

Wieder so ein Morgen, an dem sich der Erdboden nicht auftut, um mich zu verschlucken. Ich bleibe steif liegen. Mein Schädel dröhnt. Alles ist schwarz. Und nicht nur metaphorisch. Meine Hände, das Bettlaken, der Teppich: alles schwarz. Die Fenster sind teilweise zugeschmiert, auf dem Boden liegt ein halbleerer Eimer Lack und ein eingesauter Pinsel.

Lily streckt ihren Lockenkopf durch die Tür und sagt: *Oh Mann, echt peinlich.*

Sagt ausgerechnet sie, die Königin der Zurhorstmachung. Und warum weiß sie wieder alles? Hat der Buschfunk schon alles weitergetratscht?

Ich beschließe, vorerst liegen zu bleiben. Und ich beschließe, aus der Niederlage einen Triumph zu machen. *Diese Souveränität muss man erst mal haben*, denke ich, aber der Selbstbetrug klappt nicht. Ich erinnere mich verworren an den Tumult, der auf die Attacke folgte, die bestürzten Gesichter von Nick, Chrissy und Gregory, die in Erics Armen schutzsuchende falsche Friseuse, alle haben sich angeschrien, oder eher nur mich, oder schrie nur die Friseuse, so was wie *hau ab, du Schlampe*, oder war ich es, die schrie, was, was nur habe ich geschrien, ich bete, dass es was Harmloses war, *verreck in der Hölle* vielleicht, und hoffentlich nichts wirklich Schlimmes wie *komm zurück zu mir* oder, Himmel hilf, *ich liebe dich.* Irgendwer hat mich dann weggezerrt, und wie man die Sache auch dreht und wendet, es kommt keine Heldengeschichte bei raus. Hätt sich die Alte wenigstens das Genick gebrochen. Dann wäre sie jetzt weg. Aber so? Nicht gut. Gar nicht gut.

Ich steh dann doch mal auf und schleppe mich ins Klo und betrachte mein schwarz verschmiertes Gesicht im Spiegel und verspreche mir Besserung und Läuterung und Veränderung und all dieses Zeug, was man sich so verspricht, wenn einen die übliche Mischung aus Kater, Scham und schlechtem Gewissen am Kragen packt. Dann lege ich mich wieder hin, ziehe die Decke über den Kopf und denke ganz fest an Janek, der bald kommen und mich aus diesem Albtraum retten wird. Ich entschuldige mich für meine Dummheit, bitte um Verständnis für meine Verirrung, und Janek in seiner Güte und Weisheit versteht natürlich alles, *nicht so schlimm, Larissa*, sagt er und lacht sogar, *schließlich war ich nicht da. Aber jetzt, jetzt bin ich ja da, und alles wird anders*, und mir gelingt es, seine Stimme heraufzubeschwören, und fast ist es so, als sei er tatsächlich da, und bevor ich begreife, dass dem nicht so ist, schlafe ich wieder ein.

—

Lily sagt: *Bloß weg hier. Dieser Kiez macht dich ganz mürbe.* Also machen wir mal wieder einen Ausflug in den Nachbarstadtteil, Besseres fällt uns nicht ein.

Wir sitzen in einer dieser Kneipen in Kreuzberg 36. Hier herrscht ein anderer Geist. Die Barfrau sieht aus, als stünde sie schon seit den frühen Achtzigern hier. Ihr Körper ist bedeckt mit Tattoos alter Schule – Meerjungfrau, Anarcho-A, Drudenfuß, Totenkopf –, die sich schon ein wenig zusammenziehen unter der alternden Haut. Die hat wahrscheinlich alles mitgemacht. Hundert Jahre Häuserkampf. Vielleicht war sie sogar schon beim Vietnamkongress dabei. Sie guckt so, als sei sie immer noch wütend auf den Mauerfall, der ihr die schöne Westberliner Enklave kaputtgemacht hat. Und wir? Wir haben die Achtziger verpasst. Das ist das interessanteste Charakteristikum unserer Generation.

Wärst du früher hier gewesen, stündst du jetzt auch so da, sag ich zu Lily.

Wärst du früher hier gewesen, wärst du jetzt schon tot, sagt Lily zu mir.

Dann schweigen wir eine Runde. Lily trägt mal wieder ihre weiße Rüschenbluse, deren Rüschen ihr immer ins Getränk hängen und die am Ende der Nacht total versifft ist. Jetzt sieht sie noch gut aus.

Ein gelblicher kleiner Mann wirft uns aus dem Schutz einer Ecke Blicke zu und hustet ab und zu einen bronchitischen Husten. Sonst ist alles ruhig.

Weißt du, welches die beste Szene in Boogie Nights *ist? Das ist die, in der sie den verrückten Dealer im Flatterhemd abziehen wollen, und sie sind eh schon so nervös, und dann kommt dieser chinesische Junge, von dem man irgendwie nicht weiß, was er da zu suchen hat, ob er der Lover des Dealers ist oder was oder wie, und der immer diese Knallerbsen auf den Boden wirft, mitten in die Anspannung rein, was Mark Wahlberg und seine Kumpels natürlich noch nervöser macht. Das ist die beste Szene.* Ich mache eine Pause. *Nein, falsch,* lege ich nach, *das ist eine der besten Szenen der Filmgeschichte überhaupt.*

Lily schweigt.

Okay, vielleicht nicht ganz so gut, wie wenn Christopher Walken in Pulp Fiction *die Geschichte der Uhr erzählt. Aber nah dran.*

Lily schweigt.

Aber auch ganz groß ist Michael Douglas in Basic Instinct. *Anfangs ein Meister der Selbstkontrolle, hat aufgehört zu rauchen, aufgehört zu trinken, hat seine Dämonen im Griff. Nur eine einzige Begegnung mit Sharon Stone – und bums, liegt er auf dem Sofa, hackedicht, und neben sich ein randvoller Aschenbecher.*

Lily, die mir erst vor wenigen Stunden diesen Vortrag über meine Erbärmlichkeit hielt, mich als schwanzfixiert, sexsüchtig und mösengesteuert beschimpfte, mir in aller Breite darlegte, wie peinlich es sei, sein ganzes Wünschen und Wollen ausgerechnet auf einen Mann zu richten, wechselt brutal das Thema und sagt:

Was Konny wohl so macht?

Ich breche stöhnend auf dem Tresen zusammen. Und denke an Buñuel, der in seinen Memoiren schreibt, wie sehr er es genießt, mit siebzig im Caféhaus zu sitzen, seinen Martini dry zu trinken und die wohltuende Abwesenheit jeden Sexualtriebs zu feiern. Ich würde mich gern dazusetzen und mitfeiern. Aber leider hab ich noch eine halbe Ewigkeit bis zum Libido-Tod.

Lily hat sich schon wieder in einen Größenwahn hineingesoffen, will Konny zurück, meint, heute sei genau die richtige Nacht für die Übergabe der Krone. Ich weiß nicht, woher sie das Vertrauen nimmt, dass ein bisschen Draht mit Stoff drumrum einen Mann auf sie scharf machen kann, der längst in eine andere verliebt ist. Sie macht tatsächlich Anstalten, mich hier sitzenzulassen, mitten in der angebrochenen Nacht, in diesem fernen Kiez voll alter Trinker.

Ich schaffe es zwar noch, sie in die nächste Bar zu zerren, aber schon nach zehn Minuten springt sie auf, rennt hinaus und ist weg. In der Nacht verschwunden, auf der ewigen Suche nach dem magischen Phallus, an dem zufällig gerade ein Typ namens Konstantin dranhängt.

Ich bleibe am Tresen kleben, trinke Jägermeister mit ein paar Ledermännern und klage ihnen mein Schicksal.

Ich hatte mal eine Art Freund, aber er war zu gesund für mich.

Tja, das läuft so nicht. Man muss in seiner eigenen Psychogewichtsklasse bleiben, sagen die Ledermänner.

Hä, was soll das denn heißen?

Das heißt, dass die Irren und die Normalen niemals zusammen glücklich werden können, Schätzchen.

Ich bin aber nicht irr, protestiere ich.

Relativ, sagen die Ledermänner. *Wir zum Beispiel sind vollkommen irre.*

Ihr wirkt gar nicht so, sage ich.

Wo sind denn deine Freundinnen?

Welche Freundinnen?

Na, all die anderen Frauen.

Ach, die. Die liegen längst im Bett. Kenn ich schon. Ab einer gewissen Uhrzeit ist man immer die einzige.

Ja, irgendwann zupft jedes Mädi ihren Boyfriend am Hemd, rollt mit den Augen, fängt an, winselnde Geräusche des Unmuts von sich zu geben und Richtung Tür zu nicken. Die Jungs debattieren und kiffen, tanzen und flirten, koksen und erklären die Welt. Ihre Freundinnen wollen nach Hause. Ob Punk, Hippie oder Spießertussi – irgendwann lassen sie dich alle hängen in der Nacht. Auf diese Muschis mit ihrer Exzessvermeidung ist einfach kein Verlass. Da musst du halt alleine weiter.

Vielleicht, labere ich mich in Fahrt, *vielleicht hat die Frau an sich einen natürlichen Drall hin zum Mittelmaß. Ist bei ihr die Spaßbremse quasi mit der Gebärmutter eingebaut.*

Was ist dann mit dir?, fragt Ledermann eins, der leichtes Übergewicht hat, das aber mit stechend blauen Augen wieder ausgleicht.

Na ja, ich. Keine Ahnung.

Die Ledermänner schweigen, ich seufze in meinen Gin. Und hab schon wieder eine neue These: *Das, was einen von allem Guten und Großen abhält, ist die Angst vor dem Gesichtsverlust. Wer davor Angst hat, lebt nicht richtig. Wer davor Angst hat, bekommt niemals echtes Momentum.*

Ich wende mich meinem Sitznachbarn auf der anderen

Seite zu, um ihn an dieser neuen Weisheit teilhaben zu lassen, aber der wirkt nicht wie einer, der Vorträge über die Segnungen des Gesichtsverlusts noch nötig hätte. Ich gehe in den Hinterraum und streichele das orangene Plüsch. Plötzlich steht ein uralter Türke neben mir und betrachtet sehnsüchtig meine Hände. *Nein, ich kann dich jetzt nicht streicheln,* flüstere ich, von meiner eigenen Härte enttäuscht.

Drei schwarze Mädchen tanzen. Sie sehen glücklich aus, gelöst, befreit, in genau der richtigen Verfassung, um gut durch die Nacht zu kommen. Wie lange sie diese Balance noch halten können? Zwei, drei Drinks zu viel oder eine falsche Pille, und die Nacht kippt um und wird gemein. Und ich? Ich bin noch weit vor der magischen Linie, die Gelöstheit von Entgleisung trennt, habe aber fest vor, sie zu überschreiten. Mich kriegt hier nichts mehr aus dem Plüschuterus heute.

Plötzlich steht ein Mann in hellblauem Hemd vor mir.

Ah, schreit er, *ist doch alles scheiße. Let's party!*

Er zieht mich zurück an den Tresen, bestellt Gin Tonics und erzählt mir seine Geschichte. Dass er aus Zehlendorf komme. Dass ihn seine Frau rausgeschmissen habe. Dass er echt Mist gebaut habe, richtig schlimmen Mist, den er inzwischen tief bereue, aber was hilft es ihm jetzt?

Er zieht seit vierzehn Uhr von Kneipe zu Kneipe, fällt in Taxis, fällt aus Taxis, landet an Orten, die er noch nie gesehen hat und spricht mit Menschensorten, von denen er nicht mal wusste, dass sie existierten. Irgendein Taxifahrer hat ihn hierherbugsiert, weil hier *immer was los* sei. Er sei normalerweise nicht so einer, der sich in Kaschemmen rumtriebe, sagt das blaue Hemd *(ich heiße übrigens Clemens)*, aber heute sei sein Leben sowieso zu Ende, Prost.

Hör mal zu, Clemens. Ich hebe zu einer Rede an, einer großen Rede über Liebe und Gefangenschaft, Freiheit und Erleuchtung, die Chancen des Scheiterns und den Holzweg, der sich oft als Pfad zum Paradies entpuppt – aber da versagen mir die Lebensgeister. Ich kann nur stumpf und betrunken nicken und *ja ja ja, ach ach* murmeln. Reicht ja vielleicht auch.

Hier sitzen wir also, zwei vom Leben Gedemütigte, und versuchen, das Stimmungsruder noch mal rumzureißen.

Und was ist bei dir so los?, fragt Clemens, aber ich schüttle nur düster den Kopf. Selbst, wenn ich wollte, ich könnte nicht beschreiben, was los ist. Also trinken wir wortlos verständig, wie zwei alte Kumpels, die sich schon seit der Schulzeit kennen.

Clemens kratzt Münzen für den Zigarettenautomat zusammen, *sieben Jahre nicht geraucht, und das ist heute meine dritte Schachtel*, und ich, ich habe inzwischen eine Lesbe gefunden, die mir den nächsten Drink spendiert. Das sind die Herrenhosen von Humana, mit Nadelstreif, die geben mir was Marlenehaftes, aber um die Erwartungen nicht zu sehr zu schüren, wiegle ich ab und sage, *weißt du, ich schlafe auch mit Männern*, was fast nicht gelogen ist, aber trotzdem nicht gut ankommt. *Ist ja eklig*, sagt sie und lässt mich stehen mit meinem frischen Getränk.

Ich nehme alles nur noch sehr verschwommen wahr; auch meine Stimmung flockt. Ich versuche, jeden Eric-Gedanken wegzuschieben und schaue mich halbherzig nach einem Gegenmittel um.

Nichts. Verdrängen, vergessen, weiterfeiern.

Vor mir hopst ein Boy auf und ab, mit einem himbeerroten Cocktail in der Hand, hopst und hopst und grinst und hopst, bestens gelaunt, ein Honigkuchenpferd, *ich, ich such mir jetzt einen zum Küssen*, informiert er mich und hopst ab in den hinteren Raum, aus dem er nach fünf Minuten wieder auftaucht, um sich vertrauensvoll an mich zu wenden, *gab keinen zum Küssen, die Hübschen sind schon alle weg, na ja*, kräht er fröhlich, *dann geh ich jetzt nach Hause, oder, nee, noch besser, ich hol mir noch 'nen Cocktail*, und ab hopst er, Richtung Lücke am Tresen, aus der sich gut bestellen lässt.

Dann öffnet sich die Tür, und am Tresen fliegen alle Hände hoch, *Mutti! Mutti ist da!*, erschallt es freudig, als die alte Frau mit dem Stullentablett erblickt wird. Mutti strahlt und grüßt zurück und dreht ihre Runde, hält Schwätzchen, raucht, kassiert Schnäpse, wird die eine oder andere Bulette oder Teewurststulle los, *mit viel Liebe selbst geschmiert, Kinderchen*, bevor sie unter Umarmungen und guten Wünschen weiterzieht.

Um vier werden wir knallhart auf die Straße geworfen. Man muss weiter, in die nächste Bar mit Blumennamen. Härteres als Bier schafft dieser Körper jetzt nicht mehr, also bestell ich mir bei der Dicken am Zapfhahn, über deren Monsterbusen sich ein Iron-Maiden-Shirt spannt, ein Bier.

Am Daddelautomat finde ich Nassim, der mir begeistert um den Hals fällt. Jetzt gibt's noch 'ne Runde billiges Speed für alle. Clemens der Rausgeschmissene blüht langsam auf. Der Problemtrinker wandelt sich zum Spaßtrinker, ihm scheint seine neue Rolle als Ausgestoßener immer besser zu gefallen. Er würde sogar fremdflirten, ich spür's, aber alle verfügbaren Wesen weiblichen Geschlechts sind dermaßen derangiert, dass Clemens es sich verkneift. Und ich bin unberührbar, ich bin der Saufkumpan und Exzessbegleiter, von dem man besser die Patschhände lässt, wenn die lustige Nacht weitergehen soll, das hat Clemens Gott sei Dank instinktiv begriffen. Fast tut er mir leid in seiner verzweifelten Feierwut. Ob es einen Weg für ihn zurück gibt in die Einbauküche? Zu Gartenzwerg und Wackeldackel?

Ein altes Weib schlurft von Tisch zu Tisch und schnorrt andere abgebrannte Vögel an, Vögel, die noch viel abgebrannter sind als sie, aber das merkt sie in ihrem Dusel nicht.

Wir ziehen weiter zu Nassim nach Hause, der sein Päckchen auf den Tisch knallt.

So schnell, wie Clemens hochkam, baut er wieder ab. Nach der Phase der amphetaminbefeuerten Euphorie fällt er wieder ins schwarze Loch der Reue. Nimmt den Faden seiner Klagen über sein Fehlverhalten aufs Neue auf. Jetzt will er schlafen. Wohin nur mit ihm? Ein Kumpel fällt ihm ein, den er zwei Jahre nicht gesehen hat. Zu dem will er jetzt. Na, der wird sich freuen. Zwei Jahre Funkstille und dann steht da so eine Party-Leiche im Nachmittag, klingelt an deiner Tür und fällt an dir vorbei auf dein Sofa. Viel Glück, Clemens.

Mit hängenden Schultern und Schniefnase verlässt Clemens die Party, die nur noch aus Nassim und mir besteht und auch ihren Zenit schon längst überschritten hat. Ich kann nicht mehr. Doch die Angst vor dem Tageslicht, dem Heimweg und der Bewusstwerdung all meiner Probleme lassen mich die nächste Line nehmen.

Nassim hat wieder einen seiner Laberflashs. Nervös tigert er hin und her, hält atemlose Reden über seine beschissene Lage und die Unwürdigkeit des Lebens im Allgemeinen und geht dann dazu über, Suren und Hadithe und was weiß ich was noch für heiliges Zeug zu deklamieren. Ich versinke tiefer im Sofa und schließe die Augen, das arabische Gebrabbel lullt mich ein. Ich würde jetzt gern wegdösen, aber das Speed lässt mein Herz rasen.

Hey, dir ist schon klar, dass ich nichts verstehe?, sage ich nach einer kleinen Ewigkeit.

Damit hab ich mir schön ins Knie geschossen, denn jetzt übersetzt er den Quatsch auch noch:

Und wen Allah leiten will, dem weitet er die Brust für den Islam, und wen Allah irreführen will, dem macht er die Brust eng, also straft Allah die Ungläubigen –

Lass das, ich bin Atheist.

Das befeuert Nassim, der selbst *erst kürzlich zum Glauben fand*, wie er sich ausdrückte, erst recht. Denn jetzt hat er richtig was zu missionieren:

Die meisten Menschen, wie sehr du es auch begehrst, glauben nicht. Und dieses Buch, das wir hinabsandten, ist gesegnet. So folget ihm und seid gottesfürchtig, damit ihr Barmherzigkeit findet –

Ich bin zu fertig für einen weltanschaulichen Disput. Nassim hält tatsächlich kurz inne, geht dann aber zum Thema Geschlechterrollen über:

Die Frau ist der Hals, der Mann der Kopf, verstehst du?

Ich will aber nicht der Hals sein. Wär ja noch schöner.

Bist du bekloppt? Der Hals, das ist gut! Das ist wichtig! Ohne den Hals wär der Kopf gar nichts!

Na und? Ich bin aber nicht die scheiß Stütze für den scheiß Kopf!

Der Hals ist gut!

Ich will aber nicht der Hals sein!

Warum nicht? Sei nicht so dumm!

Und wenn ich der Kopf bin, hä?

Nein, bist du nicht. Der Mann ist der Kopf. Du bist die Frau, du bist der Hals!

Sagt wer?

So schreien wir uns eine Weile an, bis wir aufgeben.

Bringt ja nichts.

Auf einmal werde ich schwermütig. Ich denke an Eric, der jetzt mit seiner falschen Friseuse irgendwelche öden Pärchendinge machen muss. Oder sogar freiwillig macht, um sie zu beeindrucken. Mal sehen, wie lange er sich verstellen kann, wie lange er die Selbstverleugnung durchhält. Er wird bald merken, was er da geopfert hat. Aber dann, ha, ist es zu spät. Dann bin ich weg. Für immer.

Als ich hochschaue, steht Nassim mit heruntergelassenen Hosen vor mir und schreit: *Blas mir einen!*

Diese Erbärmlichkeit macht mich nur noch trauriger.

Ich wische mit einer wütenden Bewegung sein Gemächt aus meinem Gesicht, worauf er wieder in seinen Redeschwall zurückfällt und mir alle Frauen aufzählt, denen er es in der letzten Woche besorgt hat. Mit Angaben zu Alter, Hautfarbe und Spezialfähigkeiten. Dann springt er auf, reißt das Foto seines Bruders von der Wand und fängt an zu weinen. Sein Bruder ist im Libanonkrieg gestorben, weiß ich alles, weiß ich alles schon, weil er mir die Geschichte jedes Mal, wenn ich bei ihm bin, erneut auftischt. Und wie immer weiß ich nichts zu sagen, fallen mir keine Worte des Trostes ein, sondern bleibt mir nur übrig, die geballte Ladung Weltelend in stummer Trauer zu ertragen. Nassim wettert eine Runde gegen die Juden, dann eine Runde gegen die Deutschen, ich halte meine Klappe, weil Einspruch ja eh nichts bringt. Vielleicht wär aus seinem Leben noch was zu machen, irgendwas jeseits von Daddelautomat, Bars mit abgeranzten Dartscheiben und weißem Pulver, aber andererseits ist Nassim auch schon ziemlich abgestürzt. Und es scheint keine Menschenseele zu geben, die an seinem Schicksal Anteil nimmt, keinen, der sich auch nur ansatzweise für ihn interessiert.

Ich lasse Nassim abrupt im Mittag hängen, denn mir geht langsam die Kraft aus. Schwarze Stimmung macht sich in mir breit, ich will nur noch verschwinden, am liebsten in einem Paralleluniversum oder einem Märchenschlaf, aus dem ich hundert Jahre später aufwache, ohne jedes Wissen von dem, was bisher geschah. Ja, wenn jetzt, in diesem Moment eine Fee käme und mir anböte, meine komplette Erinnerung zu löschen, noch mal ganz von vorn anzufangen: Ich nähme das Angebot an. Doch die Fee kommt nicht.

Ich stehe ein paar Minuten elend in der Sonne und weiß nicht, wohin mit mir. Dann gehe ich zur Telefonzelle am Kotti und rufe Lily an. Sie ist tatsächlich zu Hause, klingt aber ziemlich tot.

Was ist?, frage ich.

Ach, nichts Schlimmes, sagt sie. *Es war nur so, dass ich* –

Pause.

Es war wie?, helfe ich nach.

Es war so, sagt Lily. *Ich bin dann in die* Schizzogrotte *und hab getanzt. Dein dämlicher Franzosenlover war auch da, mit seiner neuen Freundin, wenn du's wissen willst* –

Nein, will ich nicht.

Und dann bin ich nach Hause und hab die Krone geholt. Und die Flasche Gorbatschow, die da noch rumlag. Und dann bin ich zu Konny nach Hause, weil ich ihm die Krone geben wollte, und hab geklingelt. Und Konny hat aufgemacht, mich aber nicht reingelassen, weil Alba bei ihm war, weißt du? Er hat mich eiskalt weggeschickt! Als sei ich so 'n Hund. Ich bin aber kein Hund. Bin ich ein Hund?

Ich weigere mich, auf diese blödsinnige rhetorische Frage zu antworten.

Na, dann bin ich einfach nicht weg. Ich bin einfach im Treppenhaus sitzen geblieben und hab Wodka getrunken. Ich hab dann halt noch mal geklingelt –

Wie viel Uhr war's denn?, erlaube ich mir eine Zwischenfrage.

Was tut das zur Sache?, schreit Lily. Das Telefon tutet. Ich werfe schnell ein paar Münzen nach. Ich stelle mir

Lily vor, wie sie traurig und besoffen in einem dunklen Treppenhaus sitzt, mit einer Krone aus Draht auf dem Kopf.

Und dann hatte ich plötzlich so eine Wut, verstehst du?

Verstehe ich.

Dass die immer alles kriegen. Und was kriege ich? Nicht mal einen beschissenen Job als Lenin, Marx, Hitler.

Pause. Ich höre Lily am anderen Ende der Leitung Rauch ausstoßen.

Irgendwann bin ich dann weg da. Ich lief so rum und lief und lief und wurde immer wütender und war irgendwann irgendwie in Mitte, und da hatte ich eine Vision. Und dann bin ich zur Volksbühne und hab mir aus der Wodkaflasche einen Molli gebastelt und ins Fenster geschmissen. Ist aber abgeprallt. Hab ich eben einen Mülleimer angezündet. Und das hat sehr gut geklappt, da hab ich noch ein paar Mülleimer gesucht und da hingezogen und angezündet. Das hat auch sehr gut geklappt.

Pause.

Ist doch nichts passiert! Hat halt ein bisschen gequalmt. Und gestunken, wegen dem schmelzenden Plastik. Dann kam die Feuerwehr, Mann! Die müssen aber auch aus allem ein Drama machen, sagt Lily.

Ich habe keine Münzen mehr.

Ruf mich zurück!, schreie ich in den Hörer. Ich schaffe es gerade noch, Lily die Nummer der Telefonzelle durchzugeben, bevor die Leitung tot ist.

Piep piep piep macht das Besetztzeichen aus dem grauen Hörer. Dann nur noch das lange *Piep* des abgestorbenen Dialogs.

Ich warte. Stehe neben der Telefonkabine und rauche.

Über mir donnert die U-Bahn durch die Stadt, ab und zu huscht eine verknitterte Gestalt vorüber, die den Morgen genauso verabscheuen muss wie ich.

Nach einer Weile fällt mir ein, dass wir zu Hause schon längst nicht mehr raustelefonieren können, weil wir die Rechnung nicht bezahlt haben. Rein ja, raus nicht. Wie dämlich.

Ich mache mich auf den Weg nach Hause, durch den Matsch und Mist der Partyrückstände, Spritzen und durchweichten Pizzakartons, Kippen und Flaschen. Eine Bahnstation später kann ich nicht mehr. Meine Beine versagen, ich will nur noch in tiefen Schlaf fallen. Ich schleppe mich die Stufen zu den Gleisen hoch, steige, als die Bahn kommt, in den hintersten Waggon. Doch ich komme nicht weit. Am Schlesischen Tor stürmen dreißig Kontrolleure in Uniform die Bahn. Großangriff der Staatsgewalt, ausgerechnet heute. Ich bündele alle meine verbliebenen Kräfte und renne.

WINTER

Eine schlampig geschmückte Allzweckhalle voller Frustrierter unter bunter Girlande. Viele Männer, ab und zu auch eine Art Frau. Aus der Musikanlage schallen die Feten-Hits der Achtziger, *Halleluja, it's raining men*, keiner tanzt. Die Tische sind mit Glitter bestäubt und mit Tröten bestückt, keiner trötet. In der Ecke ein Zuber Fruchtbowle, aus dem sich lustlos bedient wird. Verwaschene Gesichter, die mir seltsam bekannt vorkommen. Vielleicht sind es die, die sonst in Friedrichshain in den Imbissbuden hocken, vielleicht auch ganz andere, die aber haargenau so aussehen. Vor mir am Resopaltisch Lennard, der mir seinen Tagesplan zuschiebt: *Montag zehn Uhr Töpfern. Zwölf Uhr Gruppentherapie. Fünfzehn Uhr Gymnastik.* Ich weiß nicht, welche Vorstellung die absurdere ist: Lennard vor einer rotierenden Töpferscheibe, einen Aschenbecher formend, oder Lennard beim Sport, in einer Turnhose mit Streifen an der Seite. Fast drei Stunden habe ich mit dem Bus hierher gebraucht. Dann noch einen Kilometer durch den Wald gelaufen, bevor sich dieser Ort des Elends vor mir zeigte.

Ich knalle Lennard den backsteinschweren Band Bukowski-Briefe hin, um den er mich gebeten hatte. *Das Schlimmste hier*, sagte er am Telefon, *ist der Zustand der Bibliothek*. Ich packte vorsorglich noch ein Pfund Djian und eine Dose Haschkekse mit ein, immerhin ist Silvester, und ich bin mir nicht sicher, ob Lennard sein erstes klares Jahresende seit Erreichen des dreizehnten Lebensjahrs seelisch verkraften kann. *Wie ist sie so, die Nüchternheit?*, frage ich naiv. Lennard betrachtet mich schmerzerfüllt.

Überschätzt.

Jetzt gibt's Tombola. Ich hab mir brav ein Los gekauft. Wenn man schon mal hier ist, muss man auch alles widerstandslos mitmachen. Nummern werden aufgerufen. Ein vergilbter Typ vor mir gewinnt ein Qualitäts-Schreibset, mit Kugelschreibern und Füllern und allen Schikanen. Ich gewinne einen unförmigen Napf in Durchfallbraun, von einem armen Spritti selbstgetöpfert.

Wollen wir tauschen?, versuche ich's beim Vergilbten, doch so viele Hirnzellen hat er sich dann doch nicht weggesoffen, um sich auf diesen Tausch einzulassen.

Kurz vor zwölf laufen alle ans Anstaltstor, wo einer der Pfleger groß Feuerwerk zaubert: zwei bis drei Knallfrösche, fünf China-Böller, ein Feuerkreisel, eine Fontäne. Bumm, bumm, bumm, *Frohes Neues*, die Sprittis umarmen sich apathisch und drücken die Fruchtbowle-Becher aneinander; die Fruchtbowle-Becher, die nicht klirren, weil sie aus Plastik sind.

Und das war's. Alle tapern in ihre Betten, auch Lennard sieht müde aus. Wir rauchen noch eine, dann geht er in seinen Trakt und ich ins verwaiste Bett eines Schizophrenen, das Lennard mir heimlich klargemacht hat. Die Psychos dürfen Silvester raus, die Suchtis nicht.

Am nächsten Morgen winkt Lennard kraftlos am Anstaltstor. Schwer zu sagen, wie lang es ihn schon gibt. Manchmal sieht er aus wie ein Greis, manchmal wie ein sehr, sehr ungesundes Kind. Ich schleppe den Napf, der ungefähr fünf Kilo wiegt, tapfer nach Berlin zurück, durch den Wald, durch die Vororte, denn irgendwie käme es mir schäbig vor, dieses Produkt des Kampfes gegen die Sucht-Dämonen im Gebüsch zu entsorgen. Ich kann ihn ja vielleicht gebrauchen, zum Nüsschenservieren. Aber wem sollte ich schon Nüsschen servieren?

—

Seit Lily weg ist, lebe ich eher zurückgezogen. Ich sitze in der Bude und spiele einsame Überlebende im Packeis. Kalt ist es geworden. Ich habe keine Kohlen mehr. Und nichts, was noch zu verhökern wäre. Es ist auch keiner mehr übrig, den ich anschnorren könnte, denn ich schulde fast jedem, den ich kenne, mindestens zwanzig Mark.

Gott sei Dank hab ich bei Humana diesen hellblauen Skianzug gefunden, den ich jetzt Tag und Nacht trage. Der Strom ist abgestellt, also sitze ich im Dämmerlicht einer Kerze. Die Wasserleitungen sind eingefroren, also wasche ich mich nicht mehr.

Ich werfe *Das Kapital, Band eins* in die Ofenklappe, es spendet vielleicht eine Stunde Wärme. Danach kommt der Bildband *Adolf Hitler als Maler und Zeichner* dran, den Lily mal von einem zwielichtigen Onkel zum Geburtstag bekam. Das beschichtete Papier stinkt ein bisschen, als es Feuer fängt.

Mehr Bücher sind nicht verheizbar; der Rest sind heilige Schriften.

Der Rattanstuhl. Der Lampenschirm. Drei leere Leitzordner mit der Aufschrift *Uni*. Konrads Teufelskopf aus Pappmaché. So, jetzt hab ich alles verheizt. Draußen tobt ein Schneesturm. Ich hocke da, eingemummt in meinen Skianzug, und schaukle langsam in meinem Autositz vor und zurück. Ich rauche selbstgedrehte Kippen aus Zeitungspapier und altem Tabak, den ich aus den aus dem Müll gefischten Stummeln pule.

Von zwei Stockwerken tiefer hört man gedämpft das Horst-Wessel-Lied, leise und falsch. Die Nazis sind mit mir die letzten noch verbleibenden Mieter. Manchmal begegne ich ihnen im Treppenhaus.

Gegenüber auf dem Brachland kracht eine Abrissbirne auf ein Barackendach. Das ganze Haus bebt. *Ist ja wie in Sarajevo*, murmele ich vor mich hin und gieße mir noch einen Rotwein aus dem Tetra Pak von ja! in meine Blümchentasse. Ein Schild informiert mich: *Hier entsteht ein neuer Stadtteil*.

Ein neuer Stadtteil, wozu?, frag ich mich.

Was Lily wohl gerade treibt.

Drei Tage nach ihrem Ausraster stand plötzlich ihr Vater vor der Tür. Erst konnte ich keinen Zusammenhang zwischen den beiden herstellen, denn gemessen an seiner Tochter ist er ein recht unscheinbarer Typ, ein farbloser Erzeuger in Jeans und T-Shirt. Ich hielt seine Verwandtschaft mit einem solchen Ausnahmewesen wie Lily für unglaubwürdig. Er war wie ein Eindringling aus einem fremden Planetensystem, das mit dem unsrigen null gemeinsam hat. Trotzdem war diese blutarme Gestalt mächtig genug, Lily einfach einzusacken und mitzunehmen. Allerhand Autoritäten geben ihr Rückendeckung, Ärzte, Bullen, Staatsanwalt, was weiß ich. Ich dachte, sie befördern Lily direkt in die Geschlossene, aber gestern traf ich Konstantin bei Bolle, der sagte, sie habe ihn kürzlich angerufen und erzählt, dass sie jetzt wieder in Braunschweig bei ihren Eltern wohne und in Therapie sei. Und danach, so Daddy, solle sie eine Lehre machen, *was mit den Händen*, damit sie *geerdet* wird.

Das ist ein Witz, oder?

Irgendwie schon, meinte Konny, *aber irgendwie auch nicht.*

Ich stelle mir eine Lily vor, die *etwas mit den Händen* tut:

Eine Lily, die einen Tisch hobelt –

Eine Lily im Blaumann und mit Papierhut auf den Kopf, die eine Wand streicht –

Eine Lily im Schutzhelm, eine Mauer mauernd –

Eine Lily in einem weißen Kittel an der Wursttheke, hinter einer Auslage voll Schweinsfüße, die mit falschem Lächeln Kindern Lyonerscheiben auf den Handrücken pappt –

Das ist ein vielleicht ein Comic, ein Albtraum, eine britische Komödie. Ein besonders farbenfroher Zeichentrickfilm. Aber niemals, niemals die Wirklichkeit.

—

Kein einziger mickriger Krümel Tabak mehr in der ganzen beschissenen Wohnung. Mir fällt ein, dass irgendwo hinter den Büchern eine letzte Vietnamesenpackung Marlboro liegen muss, die ich da als Notration hingeworfen habe, für harte Zeiten. Jetzt sind die harten Zeiten angebrochen. Ich stürze alle an der Wand gestapelten Büchertürme um. Nach langem Suchen werde ich endlich belohnt: Eine jungfräuliche, unangebrochene rote Schachtel lacht mich an.

Ich rauche. Ich rauche und denke: Wenn's hochkommt, bleiben mir noch fünfzig Jahre. Fünfzig Jahre, die gefüllt werden müssen. Dabei fühle ich mich wie eine alte Frau, die wehmütig auf ihr Leben zurückblickt. Vielleicht habe ich ja mit zweiundzwanzig den Gipfel schon erreicht. So. Das war's. Das war dann schon das Beste, das man rausholen konnte aus den bescheidenen Rahmenbedingungen. Ab jetzt wiederholt sich alles, nur farbloser. Alles kommt wieder, als müder Aufguss in lauwarm.

Wenn das so kommt –

Dann bring ich mich mit dreißig um. Ich denke über die besten Selbstmordarten nach. Aufhängen wie Timo? Sich ins Messer stürzen wie Caroline?

Ach, nee, danke.

Eigentlich lebe ich ganz gern.

—

Ich gehe nicht mehr in die Bar ohne Kühlschrank. Mein letzter Besuch dort war an Tristesse kaum zu überbieten. Alles war wie immer: besoffene Punks, struppige Hunde, hinter der Bar Louis mit seinem ewigen Schlapphut und seiner ewigen Countrymusik. Und Eric, der ungewohnt allein am Tresen saß. Und mir erzählte, dass er Vater wird. Begeistert sah er nicht aus, eher wie ein Tier, dem gerade klarwird, dass es seine Pfote in ein Fangeisen gesteckt hat. Ich hätte frohlocken, triumphierend grinsen, mich irgendwie gut fühlen können. Aber das Triumphgefühl blieb aus.

Ich wusste dann auch nicht mehr, was ich noch groß sagen sollte.

—

Eingeschlafen und nicht mehr aufgewacht. Zwei Monate Nüchternheit tapfer durchgehalten, dann desertiert.

So sagte es der Typ am anderen Ende der Leitung, ein alter Lennard-Kumpel, der meine Nummer in dem kleinen schwarzen Buch fand, das Lennard immer mit sich rumtrug. Es erwischt mich kalt. *Nicht er, nicht auch noch er*. Ich war fest davon überzeugt, dass es aufwärtsging mit ihm. Lennard wollte nicht sterben, das wusste ich. Es sah manchmal nicht danach aus, aber er wollte nicht sterben.

Warum nur, warum kostet es immer die Besten? Die, die sich mit dem wahrhaft Interessanten befassen, die zum Kern der Dinge vordringen, sich schutzlos dem Erhabenen aussetzen, die durchlässig sind und verletzlich und angreifbar, die gehen an Drogen zugrunde oder Schwermut oder Weltschmerz oder Alk, treten ab, zahlen den Preis, liegen leichensteif auf der Matratze oder baumeln von der Decke mit schwarzer Zunge und überlassen den Öden das Feld.

Die Öden kleben sicher in Bodennähe, die Abgestürzten sind immerhin vorher irgendwo hochgeklettert. Und die Öden jubeln und halten sich für die Besseren, weil Stärkeren, dabei sind sie einfach nur stumpf genug, um das Leben zu ertragen. Sie ergreifen die Gunst der Stunde, kippen die Früchte ihrer Stumpfheit in die Welt, geben mit dem Ertrag ihrer dünnen, mutlosen Leben an, dem mageren Resultat der Entscheidungen, die sie getroffen haben mit ihren Hasenherzen. Und die Lennards und die Timos gelten als Gescheiterte und geraten in Vergessenheit, und die, die nie was wagten, die alle gefahrvollen Orte mieden, die mit dem kleinen Zeh nur mal kurz in unbekannte Gewässer stippten, zusammenzuckten und wegrannten, die werden mit Überleben belohnt.

Jetzt sitze ich da mit mehreren Kisten voll speckiger, zerfledderter Taschenbücher, mit Notizen bekritzelt, ein Nachlassverwalter wider Willen. Ich wühle in den Kisten. Und finde einen nikotingelben Band, auf dem tatsächlich steht: *Lennard Wiesner, Punk Schwab Artaud oder fick zurück, was dich zufickt (die SPRACHE)*. Verbriefter, durch Publikation beglaubigter Schwab-Experte, also doch.

Ich lese: *Sich selbst zu zerstören heißt – im Selbstverständnis des Punk –, das System stören. Die Zerschlagung überkommener popmusikalischer Formen geht immer ein-*

her mit einer lustvollen, provokanten Ausreizung der eigenen physischen Grenzen. Die selbstzerstörerische Tendenz der Punkbewegung, das Aufbegehren gegen den eigenen Körper, der, ganz im Sinne Schwabs, immer ein normierter, also ein «Volkskörper» ist (also Sprachkörper, also scheiße), muss als Kampfansage an das herrschende System – das wie jedes immer ein bewahrendes, konservierend-konservatives ist – angesehen werden.

Ich beschließe, diesen Abschnitt bei Lennards Beerdigung vorzutragen. Da fällt mir ein, dass er bereits seit drei Wochen tot ist. Ich finde eine Kerze, zünde sie an und lehne Lennards Presseausweis daran. Dann versuche ich, mit allen Substanzen, die ich finden kann (einen halben Tetra Pak Rotwein, einen Rest Gordon's Gin, einen Rest Baileys und etwas abgestandene Cola) *Interzone* zu mixen. Das Ergebnis schmeckt grauenhaft, aber ich proste damit tapfer dem Ausweis zu, *auf die Ewigkeit, Lennard*, und kippe es runter.

—

Die Abrissbirne kracht auf die Barackendächer. Bald hat sie alles plattgemacht. Die Brache ist frei.

Unten bei den Nazis ist es still. Vielleicht sind sie tot. Oder sie haben das Feld geräumt und mich allein zurückgelassen. *Das ist unser Haus*, singe ich halbherzig vor mich hin. Ich ahne, dass auch ich mich nicht mehr lange halten kann.

Die Nachricht von Lennards Niederlage gegen den Alkohol war der letzte Anruf, der zu mir durchdrang.

Danach stellte mir das Schweinesystem das Telefon komplett ab, ich kann also den Apparat genauso gut auf dem Flohmarkt verkaufen. Ich laufe zum Boxiplatz und drehe das Ding einem Mädchen mit geplätteten blauen Haaren und puppenhaft geschminktem Gesicht an, das hinter einem Campingtisch sitzt und hauptsächlich Mangas verkauft. Die fünf Mark Erlös haue ich gleich vor Ort auf den Kopf, für einen Band Djian, den ich noch nicht kenne und von dem ich mir Trost verspreche, und eine Helge-Schneider-CD, *Es gibt Reis, Baby*.

Da steht dieses Angebot im Raum. Die Abfindung. Zweitausend Mark. Der Teufel reicht mir seine Hand.

Ich weiß, dass ich Widerstand leisten sollte. Kämpfen. Den Part des letzten Mohikaners mit Würde spielen. Mich einbunkern mit einem Haufen Konserven und die Miethaie vom Balkon aus mit selbstgeschnitzten Curarepfeilen beschießen. Aber ich kann nicht mehr. Ich bin müde und pleite.

Ich denke, ich nehme die Kohle und verkauf meine Seele.

—

Wenigstens kommt die Post noch. Gestern kam mal wieder eine Karte von Janek. Der Stempel sagt, dass sie schon ein paar Wochen unterwegs ist. Auf der Karte: das Tadsch Mahal. Er baut ab. Vielleicht ist diese Nachlässigkeit in der Motivwahl gar ein Hinweis auf eine andere? Der Text lautet:

Liebe Larissa,
ich komm im Januar nach Berlin! Weißt du vielleicht was zum Pennen für mich?
Love and Peace
Janek

Na ja. Aber ich trage die Postkarte trotzdem mit mir herum wie eine Reliquie und unterdrücke jeden Gedanken an eine eventuell seiner harrende Geliebte, die ich in meinen Plänen nie mitbedacht hatte, die in meinen Phantasien nicht vorkam. Eine, die irgendwo sehnsüchtig sitzt wie ich, eine, die nicht nur lumpige Postkarten von ihm bekommt, sondern Briefe, echte Liebesbriefe. Nein, weg mit diesem Bild, das ist nur schwarze Paranoia, die Wahrheit ist, dass Janek bald kommt und alles gut wird. Alles, was ich letztes Jahr erlebte, war nur das Vorspiel zu einem Leben, das jetzt erst beginnt. Mit meiner fetten Abfindung vom Immobilienteufel können wir uns eine schöne WG suchen, sogar eine Fabriketage. In einem sauberen Stadtteil für Erwachsene, Kreuzberg vielleicht.

Aber schon drängt sich der nächste hässliche Gedanke auf: Was, wenn er es doch nicht ist, der Große Verbündete? Wenn er aus Indien zurückkehrt und nicht der ist, für den ich ihn hielt? Ich sehe Janek, der am Bahnhof Zoo aus dem Zug springt, auf dem Rücken einen Trekkingrucksack, Janek, der mich auf dem Bahnsteig Wartende anstrahlt, ein Cinemascope-Moment. Und dann öffnet er den Mund und spricht, und aus seinem Mund kommt nur Geistloses und Seichtes, und je länger er fröhlich auf mich einredet, desto klarer wird mir, dass ich mir ein ganzes Jahr lang Illusionen gemacht habe. Und das, was ein Augenblick des größten Glücks sein sollte, zerfällt zu Staub wie ein Vampir in der Sonne, lässt mich im Bahnhofsgrau der Tatsachen allein, und alles, was mir bleibt, ist die grausame Erkenntnis, dass Janek belanglos, austauschbar, banal, dass Janek ein ganz normaler Junge ist.

Nein, das kann nicht sein. Das kann und wird nicht sein.

—

Irgendwann (bald) ist auch der Djian leer gelesen. Wenn ich ehrlich bin, war er ein bisschen enttäuschend. Wenn jetzt sogar schon Philippe abbaut, auf wen, bitte, ist dann noch Verlass? Ich suche in Lennards Sachen nach brauchbarem Stoff und finde ein moosgrünes Exemplar der *Göttlichen Komödie*, dem der halbe Rücken fehlt. Als ich darin blättere, fällt eine gepresste Blume raus. Ich nehme jedes Lennard-Buch hoch und schüttle es. Es regnet getrocknete Blüten, Gräser und Blätter auf den Boden. Lennard, der alte Romantiker. Bei dem Versuch, die trockenen Pflanzen aufzusammeln, zerbröseln die meisten unter meinen Fingern. Nur eine schöne, gelbe Blume überlebt. Ich hab keine Ahnung, was das für 'ne Blume sein soll, aber in Lennards Fundus befindet sich tatsächlich (neben anderen Kuriositäten wie einem Hausfrauen-Lexikon aus den Fünfzigern und einem Bildband über die Transsibirische Eisenbahn) auch ein Pflanzenbestimmungsbuch. Ich finde die Blume: *Chrysanthemum. Pflanzengattung aus der Familie der Korbblütler. Hauptsächlich in Asien verbreitet.*

In Japan Symbol für Vollkommenheit und ein langes, gesundes, glückliches Leben.

—

Beim Herumwühlen habe ich ein Unterhemd von Eric gefunden. Es ist so ein weißes Ding, das an Marlon Brando in Tennessee-Williams-Verfilmungen erinnert. Ich halte es zwischen den Fingern am ausgestreckten Arm auf Abstand, lasse es mir nicht zu nahe kommen, denn ich ahne, dass es nach Eric riecht und dass mich sein Geruch in einen schrecklichen Zustand versetzen wird, ein Gemisch aus Sehnsucht, Gier und Schwermut, doch dann gebe ich auf und vergrabe mein Gesicht darin, und weil keiner da ist und mich sieht, keiner, der die Augenbrauen hochziehen und einen dummen Spruch machen kann, weil ich hier völlig alleingelassen in einer großen, vermüllten Bude sitze, streife ich mir das Hemd über und schlafe eine Nacht darin. Am nächsten Morgen ziehe ich es hastig aus und werfe es in den Müll.

Doch vorher habe ich es noch zerrissen.

—

Langsam gehen die letzten Vorräte zur Neige. Nicht mal eine mickrige Konserve Ravioli von ja! ist noch da, geschweige denn eine Packung ja!-Kekse. Ich stelle alles auf den Kopf, um vielleicht letzte vergrabene Münzen zu finden. Finde fünfzig Pfennig im Schuh, eine Mark in einer alten Jacke von Lily, insgesamt achtzig Pfennig unterm Bett und dreißig auf dem verklebten Pizzeria-Tisch.

Das reicht für einen Döner. Ich stapfe hinaus in die Kälte, die hier am vergessenen Ende der Welt etwas Gespenstisches bekommt. *Wladiwostok, Minsk, Nowosibirsk*, denke ich, ohne einen Schimmer davon zu haben, wie es an diesen Orten aussieht.

Ich komme durch die Straße mit den ehemals besetzten Häusern. Jemand hat an den roten Spruch VOM BESATZER ZUM BESETZER ein frisches, schwarzes ZUM BESITZER gesprayt. Ist ja klar, wer das war.

Die besetzten Häuser sind inzwischen Genossenschaften. Willkommen in der Legalität. Die endgültige Verspießerung wird auf dem Fuße folgen.

In der Dönerbude läuft der Fernseher: Ein junger Vietnamese wird in Handschellen abgeführt und in ein Bullenauto geschmissen. *Duy Bao Le, genannt der Barmherzige, Pate der Ngoc-Thien-Bande, verantwortlich für mindestens acht Morde, konnte heute festgenommen werden.*

Der Döner schmeckt nicht. Die Jungs haben sicher wieder in den Soßeneimer gewichst, aus lauter Hass auf die Ossis, zu denen ich nicht mal gehöre.

Als ich nach Hause komme, warten drei Gestalten im Treppenhaus: Konrad, Sonne und ein Typ ohne Haare. Sie schauen mich ernst an.

Dein Telefon ist kaputt, sagt Konrad streng.

Abgestellt, sage ich und lasse sie in die Wohnung.

Es ist nämlich so, sagt Konrad. *Aber schmeißen wir lieber erst was.*

Er zieht eine kleine Holzschatulle hervor und legt sie einladend vor uns hin.

Für mich nicht, danke, sage ich.

Die drei machen es sich unaufgefordert in der Bude bequem. Dann werfen sie je eine E ein.

Es ist nämlich so, sagt Konrad. *Janek. Er ist tot.*

Ich starre die drei Clowns an.

Unser Janek?, frage ich dumm. Und meine *mein* Janek. Als gäbe es noch die leiseste Chance auf eine Verwechslung.

Ja. Unser Janek. Überdosis in Indien. Sein Kumpel hat ihn leblos im Schlafsack gefunden.

Ich glaub, ich will doch eine E, sage ich und greife nach der Schatulle.

Wir haben seine Asche in die Ostsee gestreut, sagt Sonne. *Wir dachten, das ist irgendwie in seinem Sinne.*

Der ohne Haare nickt stumm. Und während sie nach kurzem, betretenem Schweigen erneut zu sprechen beginnen und mir die Einzelheiten von Janeks Beerdigung berichten und sich Anekdoten über ihn erzählen und ihre liebsten Erlebnisse mit ihm und ihren Hippiemüll von Seelenwanderung und Wiedergeburtszyklen von sich geben, bete ich, dass die E schnell wirkt.

—

Irgendwann gehen sie dann. Ich halte es nicht mehr aus in der Wohnung, ich renne hinaus und laufe die Straßen entlang, laufe und laufe, endlose Straßen, trotz meiner Müdigkeit und dem Runterkommblues laufe ich immer weiter, damit ich irgendwann irgendwo ankomme, denn darauf ist Verlass, dass man irgendwann irgendwo ankommt, das ist eine Tatsache, an die man sich klammern kann. Vor einem graffitiverzierten Eingang stehen Gruppen bunt aussehender Leute und rauchen, sie scheinen auf die Öffnung des magischen Tores zu warten, also stelle ich mich dazu und warte mit. Die Eisentür wird geöffnet, die Bunten strömen hindurch, ich lasse mich mitspülen, kriege es irgendwie hin, mich an der Kasse vorbeizudrücken, ohne zu zahlen, und stehe dann im Halbdunkel vor einer Bühne, über die dramatisch verheißungsvoller Nebel wallt. Und ich verstehe, dass der Nebel die Watte sein will, in der ich alle Toten einwickeln und in mir verstauen kann, damit ihre Bilder keine Kratzer und Macken bekommen, damit sie frisch und schön bleiben für eine lange, lange Erinnerung. Und dann springt eine Frau in einem Kostüm aus Brüsten auf die Bühne, mindestens dreißig, vierzig Brüsten aus rosafarbenem Stoff, sie hält in jeder Hand eine Champagnerflasche und schreit *Hello Berlin.* Sie ist klein und trägt einen Undercut und von ihrer Kopfmitte steht struppiges, blondes Haar in alle Richtungen ab. Dann fängt sie an zu singen und die Champagnerflaschen zu schütteln und den Champagner in die Menge zu spritzen. Und als sie zum Refrain kommt, wird ihr Gesang zu einer stakkatohaften Beschwörungsformel. *Fuck the pain away.* Und die Menge johlt mit.